言葉をもみほぐす

言葉をもみほぐす

赤坂憲雄
Norio Akasaka
藤原辰史
Tatsushi Fujihara

写真＝新井卓
Takashi Arai

岩波書店

目次

本書は、『図書』二〇一九年八月号〜二〇二一年一月号（岩波書店）の赤坂憲雄・藤原辰史による連載、「往復書簡　言葉をもみほぐす」（全十八回）に、新井卓の写真を加えて書籍化したものである。

往復書簡

それでもなお言葉の力を

藤原辰史

赤坂憲雄さま

百万遍の焼鳥屋でご一緒してからしばらく経ちました。あのときはありがとうございました。ゆっくりお目にかかるのは初めてでしたが、いろいろなお話ができて楽しかったです。

京都は梅雨空になり、雲が低く垂れ込めています。折り畳み傘が手放せません。紫陽花《あじさい》の華やかさと北山や東山にかかる幽玄な雲が暗くなる気持ちをなだめてくれます。私は、母の実家のある北海道で生まれ、二歳のときに父の実家のある島根に引っ越しました。雲が出ると書く出雲地方で育ちましたから、雨には慣れっこです。

この時期、実家がある中国山地の集落の夜は蛍の乱舞に蛙の大合唱です。その合唱を聴きながら、網戸に張り付いた雨蛙が蛾を食べるところを観察するのが梅雨の頃の日課でした。雨蛙が静から動へと動く姿。驚異の瞬発力に見惚れました。他方で、朝、自転車で中学校や高校に通う道は、田んぼの中を通っているので、車に轢かれた蛙の亡骸だらけ。ムッとする匂いの中、私は自転車通学をしていました。二〇一五年の秋に石牟礼《いしむれ》道子《みちこ》さんにこのお話をしたとき、「蛙は逃げられないのですか」と彼女から質問を受けたことが、いまでも心に残っています。

赤坂さんは生きものを本にたくさん登場させる民俗学者ですから、短い命を精一杯謳歌している生きものたちをどう観察してきたのか、ぜひまた教えてください。

さて、これからお手紙をやりとりさせていただくのですが、赤坂さんは前もって「予定調和なしでいきましょう」と言ってくださっているので、一球目は変化球を投げないことにしたいと思います。

私は今年、歴史学の研究教育職に就いて十八年目、初めて本を書いてから十五年目を迎えます。世の中がどうしてこれほど荒んでいるのだろうと思い、その原因を歴史の史料と向き合いながら分析し、言葉の力で少しでも変えたいと願い、これまで十冊の本を書き、いろいろと運動も続けていますが、結局、次世代の子どもたちにこんな世の中しか残せないのか、という忸怩《じくじ》たる思いに駆られます。

どうしてこんなに書いてきたのか、としばしば知人たちに問われます。答えは簡単です。私は書きつづけなければならないからです。

私は公立の小学校、中学校、高校に通ってきました。どれも進学校ではありませんし、高校は就職する生徒の数のほうが多かったです。塾に通ったことも通信教育を受けたこともありません。たまに都会の進学校出身の人たちの話を聞くと、別世界のように感じ驚きます。私の同級生や先輩後輩には、家庭の経済状況から高校に通えない子、定時制高校を受験した子、九九が理解できない子、大学は出て就職したけれども就職先が辛くて実家に戻った子などがいます。親が自死した子も何人かいます。そのうち少なからぬ人びとが私にはない特技を持ち、「そんな魚の食い方じゃ、魚がかわいそうだぞ」とか「おめえ、字が汚ねーな」とか「先輩のテニス卑怯だわー」とかいっぱい言ってくれました。丸刈りの校則を押し付ける先生に歯向かい署名活動をして叱られた先輩、部活の遠征時にバスでバスガイドをしたり、高山厳の『心凍らせて』を熱唱したりして、長旅を楽しませてくれた後輩。マンガ『スラムダンク』の登場人物を本当に美しく描く同級生。嫉妬するような才能でした。だから、無芸で臆病だった私は、せめてほとんど唯一の(しかしとても貧弱な)「芸」である文章を書かなければみんなに顔向けできません。

現代社会は、そんな多芸で勇敢な同級生や先輩後輩たちが明るい希望を抱いて生きていける社会ではありません。二世三世議員の跋扈《ばっこ》がその最たる例ですが、あたかも貴族階級のように、一握りの家族のみが子どもに手厚い環境を譲渡し、貧しい家の子は充実した教育のチャンスどころか、満足にご飯さえ食べられていない場合もあります。学校や塾に膨大なお金を投じなければ、社会で地位を築けません。そもそも、皆がそういう社会であることに疑問を抱かなくなりつつあります。そして、私たちもそんな社会を作ってきました。

赤坂さんは私よりも長い経験をお持ちで、多くの本を世に出し、多くの読者を得て来られました。私は、赤坂さんの民俗学研究の視角の鋭さと射程の長さに衝撃を受けてきた人間ですが(そのひとつが『性食考』ですが)、赤坂さんのような優れた書き手たちがこれだけ日本に存在しているのに、その人びとの言葉をもってさえも、現実がなおも暗いことに、私は落ち込みます。この「さえ」というところを、失礼を承知で、私は赤坂さんに聞きたいのです。もちろん、赤坂さんが統治者たちの振る舞いに対して実際に抗って来られたことを、私は知っています。民俗学を通じて硬直したアカデミズムに穴を穿って来られたこともちろんわかっているつもりです。私が問うているのはしかし、そこだけではありません。言葉によって、この世の中の圧倒的な不正義を根底から覆す不可能性と、あわよくば可能性についてです。

この「さえ」という副助詞には、つぎのような意味を込めています。

第一に、この世の中のあり方は、自分たちの知性で変えられるのに、人びとが自分たちを評価しない、という傲慢な目線の持ち主や承認欲求の強い書き手の方がいまも少なくないのですが、赤坂さんは異なります。赤坂さんは、あくまで畦《あぜ》でワラビやゼンマイを摘んでいる老夫婦や遠野の河童《かっぱ》の目線に立ち、自分も変わりうることを意識しつづけているように私には思えます。

第二に、赤坂さんの言葉は、民俗学にとどまるものではありません。富の不公平な分布、地域の疲弊、一次産業の衰退などの現代社会の病理にも、赤坂さんの言葉は、かなりの熱量をもって臨床的に伝わります。お会いした折に、「一度、外国の文献を読まない時期を作ったことがある」とおっしゃっておられたのが印象的でした。どんな文章でも、カタカナの人名を使えば、なんだか箔が付いたような気になります。が、赤坂さんは、できるかぎり、生活者の言葉と言葉以前のものが絡みあって生み出す渦の中で、もがくように言葉を発しておられるように思えます。

けれども、赤坂さんの言葉が示す方向とは真逆に、次世代の子どもたちは、祖父母や親たちの世代が残した莫大な借金と、自然と人間の破壊のつけを背負い、生きていかなくてはならない状況です。その一端を担う私も責任を感じます。自分の能力を過大評価しているのではまったくありません。でも、せいぜいここまでだよ、と、自分にエクスキューズをつけるのは、知性の敗北だと思いませんか。私は二十年近く言葉を公開する機会を与えていただいているのに、食や農の分野だけ限ってみても、満足に食べることができない子どもも、危険な農薬も、耕作放棄地も減るどころかどんどん増えています。

お話しする中で、赤坂さん自身もまた、現実を非常に憂いていらっしゃることがひしひしと伝わってきました。私は、ナイーブかもしれませんが、この期に及んでなおも言葉の力を信じています。信じすぎなのかもしれません。あきらめが悪すぎるのかもしれません。だから赤坂さんに言葉と現実との緊張関係について聞いてみたいのです。

私の放った球が暴投でも、赤坂さんならきっと笑って許してくれると思い、お言葉に甘えてお手紙を書きました。しばらく気温の変動が激しい時期が続きますが、ご自愛ください。

二〇一九年六月九日　小雨降る京都の自宅にて

深い海の底から

赤坂憲雄

藤原辰史さま

ようやく始まりましたね。この、先の見えにくい、気味のわるい過渡の時代に、こうして藤原さんと言葉をやり取りする貴重な機会をいただけることに、感謝の思いでいっぱいです。そうですね、予定調和には逃げないことを、あらかじめ心に期しておきましょう。

そっと書き留めておきますが、わたしのなかには、往復書簡という形式について、なにか論文ともエッセイとも異なる、対談とも異なる、どこか境界侵犯的な、未知の可能性を宿す表現のかたちとして手探りしてみたいという思いがあります。

藤原さんの新著、『分解の哲学』を眺めています。いまだ読みはじめることはならず、だから中身ではなく、表紙を眺めているのです。副題が「腐敗と発酵をめぐる思考」とあり、わたし自身の『性食考』とも響きあうものを感じて、楽しい対談をさせていただいたことを思いだしています。それが、この往復書簡の前史となりました。わたしはいま、「性食の詩学へ」という続篇を、岩波書店のウェブに連載していますが、そこで次に取りあげようと準備をしているのは「土の章」であり、分解や腐敗・発酵といったことを手探りに考えることになりそうです。同時代を生きてあることの歓びを感じています。まるでかけ離れた場所からのそれぞれの知の道行きが、思いもよらぬ邂逅をもたらし、そこに新しい知のステージが生まれてくる。いずれ、この往復書簡のなかでも触れさせていただきます。

さて、あまりに真っすぐな、はじまりの書簡を拝読しながら、これは、こちらもいきなり全力疾走でとりかかるしかないな、と感じています。なぜか知らず、学生時代の、それゆえ四十数年も昔の、本郷の喫茶店の片隅で起こった小さなできごとを思いだしていました。

そのとき、同じ高校出身の友人と、かれの友人、わたしの三人でテーブルを囲んでいました。たぶん、わたしはまったく言葉を発することなく、ただ、そこに坐っていただけでした。その頃のわたしは、ほとんど場面緘黙症《かんもくしょう》のように、見知らぬ人たちの前では押し黙っていることが多かったのです。深い海の底から、はるかに海面を見あげているような感覚を、よく覚えています。声は聴こえるけれど、まわりの人々が交わしあう言葉は遠く、なにかひとつの言葉に引っかかり、思いを揺らしていると、場面は疾《と》うに変わっていて、いつだってすっかり置き去りにされているのです。そのときも、きっと深い海の底にいて、友人たちを遠く眺めていたのでしょう。どうやら、なんだか二人は精神病とか精神病院について話題にしている。唐突に、わたしは「アジールだから……」と呟いていたのです。その瞬間の、凍りついたような場の雰囲気がいまだに鮮やかに、記憶の片隅に残っています。二人は困惑のなかで、わたしを不気味なもののように眺めていました。

唐突な記憶の掘り起こしから始めてしまいました。たとえば藤原さんは、喋る言葉／書く言葉のそれぞれにおいて、自分というわけのわからない生き物と、とらえどころのない陰惨な現実との折り合いを、どのようにつけてきましたか。きっと、思春期あたりから、この折り合いがつけられずにのたうち足掻《あが》いてきた人はすくなくない、と想像しています。いまならば、「アジールだから……」という奇怪な言葉を、順序立ててうまく説明することができるかもしれません。精神病院はアジールでなければならなかったのです。

しかし、またしても唐突ですが、わたしは高校二年の冬に、何人かの友人たちと校長室を「占拠」して、「ハンスト」のほんの真似事をしています。そのとき、ポケットにランボーの『地獄の季節』の文庫本を忍ばせていたことが、思いだされます。それが幼い政治の季節の、あっけない終幕となりました。それ以来、わたしは言葉と現実との剥離状態に苛まれることになったのです。ずっと言葉を探しつづけることになりました。

他者と繫がるための言葉がなかったのです。他者の言葉はいつだって、はるかな海面にぷかりぷかりと浮かんでいる藻屑かなにかのようでした。他者と言葉を交わすことは、わたしにとってはいまも不安や畏怖にみちた体験でありつづけています。わたしの喋る速度は、たぶん異様なほどに遅いですね。わたしはそのように、喋る自分の声に耳を澄まし、その言葉のひとつひとつを確認せずにはいられないのです。むろん、いまとなっては、深い海の底にひき籠もっていることなど許されるはずもなく、ただ不気味な存在と思われないように、と努力して喋るようにしているだけです。

ほんとうは、自分で喋るよりも、他者の声に耳を傾けることのほうが好きですね。わたしはきっと、聴くための耳を鍛える修練はそれなりに重ねてきました。山形で過ごした二十年足らずの歳月に、数百人の人々のライフ・ヒストリーを聞き書きしています。眼の前にいる、おじいちゃんやおばあちゃんにきちんと届く言葉が欲しいと、せつない思いに駆られたことがあります。いつしか、むずかしい言葉が使えなくなりました。書き言葉もまた、それにつれて大きな変容を遂げざるをえませんでした。

言葉の力について、言葉と現実との関係について、言葉と言葉以前のものとの絡みあいについて、藤原さんに問われて、そんなことをつれづれに思いだしています。どうにも抽象的に応答することができそうにないことに、あらためて気づかされています。わたしはいつしか、とても具体的な人や物や場所に繋がり、そのやわらかな裏付けを受けながら言葉をくりだすことを、みずからの知の作法とするようになっていました。奇妙な物言いになりますが、わたしにとって、聞き書きの日々にいただいた言葉や、眼にした風景は、そのすべてが無償の贈与によってもたらされたものです。わたしはたしかに、それらの贈与に支えられて、かろうじて物書きとして立っているのです。

そういう意味合いでは、藤原さんに民俗学者と呼ばれるたびに、恥じらいを拭えないとしても、わたしはたしかに民俗学者の端くれなのだと感じています。臨床の知ということでしょうか。わたしは勝手に、藤原さんの言葉のひとつひとつがやはり、あくまで具体的な人や物や場所との出会いから紡がれていることを感じて、親近感を覚えてきたのです。歴史学や民俗学といった出自の違いを越えて、広やかな意味合いで臨床の知という共通性がある、ということです。わたしが心惹かれ、深い信頼を覚える思想や哲学はたいてい、それぞれに流儀は異なれど、臨床的な色合いを帯びています。

荒れている言葉を鎮めて、言葉の力を、それゆえ言葉への信頼をとりもどすことは、いかにして可能か。それはあくまで、臨床的なフィールドにねざしてこそ可能となるにちがいない、そう、わたしは信じています。どれほど迂遠な道であろうと、それしかないのだ、という確信は揺るがぬものです。
とりあえず、このあたりでやめておきます。あらためて。

二〇一九年七月十一日　静かな明け方に

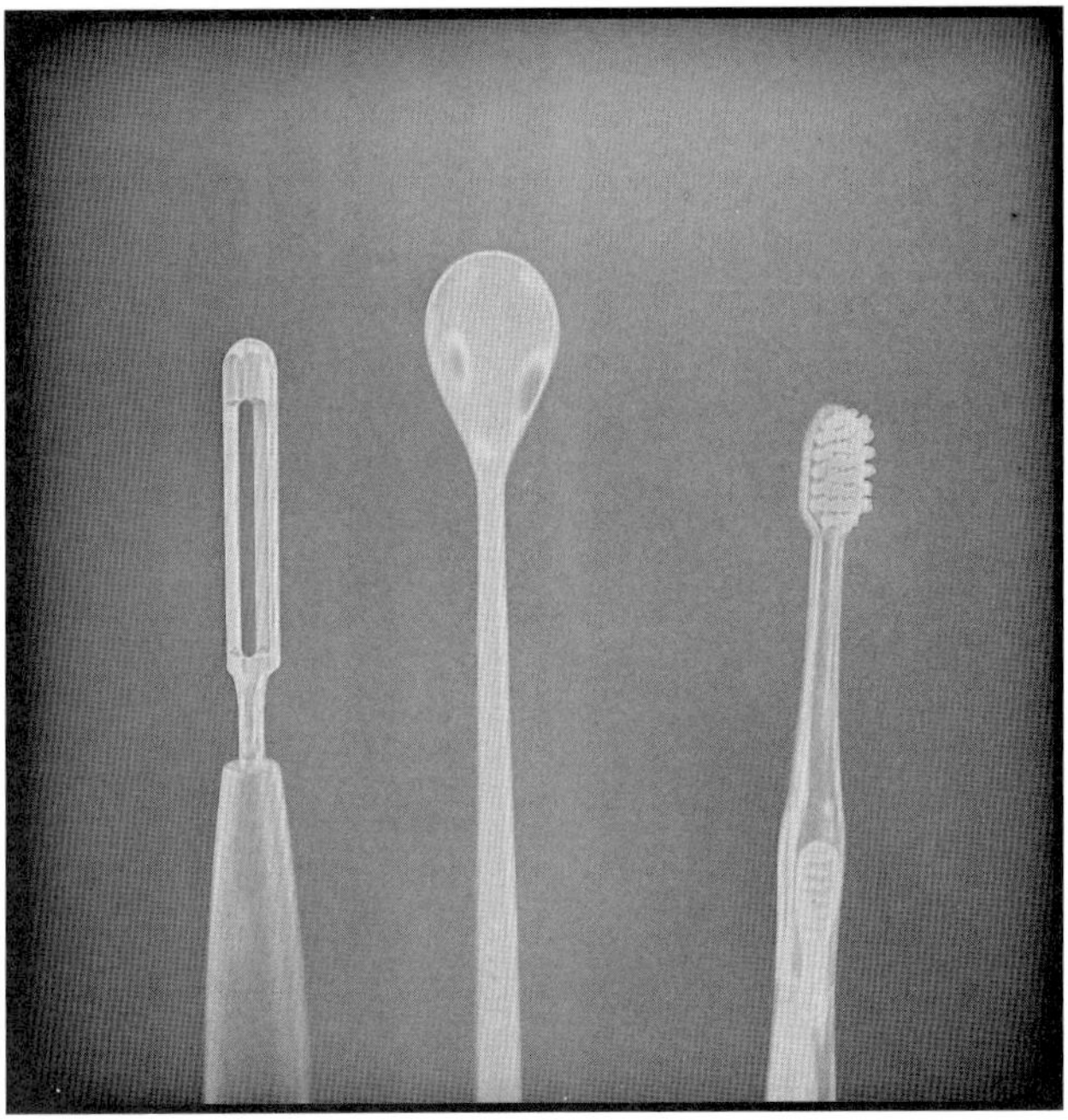

標準語との距離感について

藤原辰史

赤坂憲雄さま

今年の夏も猛暑が続きますね。この夏休み、奥出雲の実家に帰省し、きらめく星々のあいだを縫って進む飛行機の放つ点滅ランプを眺めていました。標高三百メートルほどですが昼間は暑く、少し草取りをするだけで汗だくになります（そのあとのビールの美味しいこと）。ただ、八時も過ぎれば涼しい風が網戸を通って家の中を吹き抜けます。夜は窓を開けて寝ると寒く感じるほどでした。

さて、赤坂さんのお便りを、海の底の青暗い色彩を思い浮かべつつ繰り返し拝読しました。「言葉は現実を変えられないのか」「言葉と現実のあいだの乖離にどう向き合うか」という私の質問に対し、重心をぐっと低く保って答えていただきました。

印象的だったのは、第一に、不必要に難解な言葉に対する拒絶感、第二に、「臨床」から生じる素朴な言葉への強い信頼。そして第三に、赤坂さんの言葉の数々が、実はかつての言語喪失的な状況をくぐり抜けた上で生まれたこと。とくに最後の事実は驚きました。

言葉の森で行方不明になる、というのは赤坂さんの場合、話し手の言語のひとつひとつの重さを測りかねているあいだに「置き去りにされる」という感覚でしたね。「荒れている言葉を鎮めて」「言葉への信頼をとりもどすことは」「臨床的なフィールドにねざしてこそ可能となるにちがいない、そう、わたしは信じています」という結びに勇気をもらいましたが、他方で、そう赤坂さんが信じるまでに、どれほど苦しみを伴う言語経験をしてきたのか、ということこそ重要ではないのか、と気づき、逆に背筋がゾッとしました。言葉が届かない、言葉が折れる、言葉が虚しく響く、そんな話し手の感覚。言葉が右耳から左耳へと抜けていく、言葉が頭に入らない、言葉が心に響かない、そんな聞き手の感覚。「政治の季節」の中で、あるいは、精神病院をめぐる会話の中で、そんな虚しい感覚に襲われつづけてきた、という告白を聞いて、「信じています」という言い切り方に、目をつぶって飛べ、という覚悟の響きさえ感じ取りました。

私にとってはどうでしょうか。赤坂さんのご提案である「境界侵犯」を私もやってみたいと思います。

民俗学の主要テーマのひとつである「方言」の問題です。

私は、生まれた場所の「北海道弁」(その中でも旭川のもの)、育った場所の「出雲弁」、学生から現在までの「関西弁」(京都弁、と言わないのは、京都大学の友人には関西出身の学生が多かったからです)、東京在住時代の「標準語」という四つの言葉に翻弄されてきました。母親は北海道の人ですが、「だべ」「っしょ」は使わない。ただ、旭川のイントネーションは残しつつ、標準語と出雲弁が混じるハイブリッド言語でした。父親は純粋な出雲弁ですが、子どもには標準語をまぶします。私は十八歳まで出雲弁でした。が、北海道から引っ越して出雲に住むことになった母親は出雲弁に抵抗し、とくに「くれる」を意味する「ごす」という言葉が嫌いで、「本をごせや」などと言わないように注意されました。また、祖父母が親戚と話す出雲弁は完全な異国語でなかなか聞き取れませんでした。そんな環境で出雲弁を話してきた私は、京都に出てきて、ちょうど海の底にいるような気持ちになりました。出雲弁が嫌になっていく。友人たちの関西弁のテンポについていけない。先生の関西弁や標準語の議論にも気持ちが乗らない。自分が無理して喋るエセ関西弁とエセ標準語が虚しく響いているだけのような気がしていました。

それと関連しますが、私は、高校三年生から大学院生にかけて、標準語を外国語として習得してきました。これは比喩ではありません。日本語の単語帳を作って暗記したのです。高校まで読書が本当に嫌いで、ボキャブラリーがあまりにもなかった、というのもひとつの理由ですけれども。

そんなわけで、赤坂さんの話し言葉から漂う山形弁の響きを私はうれしく感じていたのです。赤坂さんは東北のご出身ではないにもかかわらず、山形でたくさんの方と話している中で自然に言語が滑り込んで定着したのでしょうか。だとすれば、懐が深いですね。赤坂さんは自分の育った環境の言葉に近い標準語に距離を取りつつも、標準語を書いている印象を勝手に受けています。プラハに住んでいたカフカのドイツ語にも、標準語への科学的と言っても差し支えないような距離感、一旦壊して、それをまた組み立て直すような言語感を感じます。

外国語を学ぶことも、「国語」を外国語として学び直す作業だと考えます。私は一か月前から、四十の手習いで韓国語を勉強し始めました。旅行先で、大好物の韓国料理を正しく発音したい、さらには八月の学会で韓国の研究仲間を驚かそうという、あまり高尚ではない理由です。これまで全北大学に呼ばれて講義や発表をし(絶品のピビンバとサムギョプサルを食べ)、シンガポールでチリクラブを食べながら飲み明かしたこともありましたが、そのたびに英語で会話することに違和感を覚えました。さらに最近、コメの歴史の研究仲間であるキム・テホさんが日本語を勉強し始めたので、日本語での会話が増え、恥ずかしいような悔しいような思いにとらわれていました。

ドイツ語を学んだときは、日本語の主語の曖昧さ、述語の重さ、時制のゆるさ、修飾語の短さ(逆にドイツ語の修飾句のユニークな増幅可能性)、そんなことに改めて気づきました。

韓国語の初歩の初歩をかじって気づいたのは、敬語の煩雑さと、述語にもっていくまでの意識の流れという点で日本語とよく似ていることでした。

「母語」なり「国語」なりにどれだけ「よそよそしさ」を感じつづけられるか、という点に、赤坂さんのお返事を読み解く鍵のひとつがあるように思います。つまり、個別具体的な人物を思い浮かべることでしか言葉を発することができない、という言葉から、赤坂さんが思い浮かべるその人はきっと、その土地の言葉、そうでなくても、話し手の言葉の癖があるのではないでしょうか。

お手紙を拝読して改めて反省したのは、わたしは無意識のうちに、生々しさに耐えかねて「人」という普遍を念頭に書くときがあることです。その場合、あとで読み返すと、形式が整っていてもどこか白々しさが漂っています。具体的な人間の顔なり足なり手なり、その肌理《きめ》を思い浮かべつつ言葉を紡げば、どんなに抽象的な内容でもきっと力を持つでしょう。『分解の哲学』では、最初から最後まで、一人の人間のことを思い、その人のために書いてみましたが、成功したかどうか自信はありません。言葉が現実にたどり着かない苛立ちを存分に味わったうえで、なおも言葉を発するならば、出会った人たちを忘れるな。

この単純そうにみえて実は難しい行為を真摯につづけるしかない、ということですね。

ただ、最近の私は残念な状況にあります。自分を育てた出雲弁を、もはや外国語のようにしか話せなくなったのです。出雲で出会ってきた人たちと話すとき、得意げに出雲弁を使おうとするのですが、わざとらしくなる。近くにいる家族も「無理している」と感じるようです。もうどの言語にも自分の内面を預けられない、という寂しくて切ない気持ちに襲われます。この寂寞感《せきばくかん》もまた、どうやら、私を、宿敵である標準語での表現行為に駆り立てているようです。

言葉の神様は、なんと酷な方でしょう、と嘆きつつ、今日はこのあたりで筆を擱《お》きます。

二〇一九年八月十九日　寝苦しい京都の夜に

俺の人生を聞きにきたのか

赤坂憲雄

藤原辰史さま

奥出雲が故郷だったのですね。はじまりのお手紙にも書かれてあったはずなのに、なぜか意識に残りませんでした。藤原さんはとても周到に、島根、出雲地方、中国山地の集落……と書き分けられていましたね。そして、あらためて「奥出雲の実家に帰省し」とあり、ハッとさせられたのです。なんだか、迂回しながら奥出雲に辿り着いたようで、気に懸かります。わたしはじつは、「奥」を頭に冠された地名にそそられて来ました。奥多摩、奥会津、奥能登など、どこか襞《ひだ》の深い、はてなしの感覚が呼び覚まされて、好きですね。

ところで、わたしは誘われたように、岡本太郎さんの『日本再発見』に収められた出雲紀行を思いだしています。出雲文化論としても秀逸なものを含んでいますが、なんといっても、幼き日の夢のなかをたゆたうような幸福な感じが心地いいのです。太郎さんは子どもの頃に、何度か、石見大田《いわみおおだ》で夏を過ごしています。大正時代のことですね。まったくの東京育ちで、田舎や故郷を知らぬ太郎さんにとっては、出雲は特別な場所だったようです。わたしのなかに残る、福島県の鮫川村《さめがわむら》という父の故郷の風景が浮かんできます。たぶん、五歳の頃の夢か現《うつつ》かさだかではない記憶のかけらですが。

その出雲紀行に出てくる、太郎さんがとりわけ驚いた、家々の門口にある壺の便所を、藤原さんはご存知ですか。わたしはそれを、三十年ほど前に岩手県の遠野で見かけたことがあります。田畑の肥料や、土壌改良に使うために、小便を溜めているのだと聞きましたが、詳しくは聞きそびれました。いまとなっては、大小便の処理や利用にまつわる聞き書きは、ずいぶんむずかしくなりましたね。排泄と分解をめぐるテーマについて、あらためて共有させていただけることを楽しみにしています。

それにしても、標準語という問題は複雑怪奇によじれていますね。そこからあふれ出すものに、眼を凝らしてみたくなりました。いくらか逸れますが、以前、京都でお会いしたときに、「外国の文献を読まない時期を作ったことがある」という話をしましたね。わたしはそのとき、たぶん和モノと洋モノという奇妙な言葉を使ったかと思います。洋モノとは、邦訳によって日本語で読むことが可能になった、主として欧米の思想や学問を指しています。和モノは日本語による思考によって組み立てられた、たとえば柳田国男や宮本常一、網野善彦などの思想や学問をとりあえず意味しています。一九九二年に山形に拠点を移したとき、わたしははっきりと、洋モノを封印しました。これからは、東北というフィールドで自分なりの歩行と思索のスタイルを探しながら、言葉そのものを編み直してゆこうと、ある覚悟だけは固めていたのです。

藤原さんは指摘されていますね。わたしの話し言葉からは、山形弁の響きが感じられる、と。自分ではよくわかりません。なにしろ、父親が福島訛《なま》りであることにすら、のちに妻になる人から指摘されるまで、気づかずにいたのです。そのくらい、わたしは耳の感度がわるく、話し言葉にたいして鈍感です。東北の言葉たちがいつしかからだに這入《はい》りこんで、混ざりあい、定着したのか、それが山形訛りのように聞こえるのか、判断はつきません。ただ、おかしなことに、わたしは山形でもどこでも、ほとんど聞き書きに苦労した記憶がないのです。きっと方言というものが、よくわからないのです。

いつだって、わたしはなんの脈絡もなく、暮らしと生業の場に闖入《ちんにゅう》してゆくよそ者でした。しかも、きわめて寡黙で、その人がしゃべる言葉にただ身を委ねていることが多かったのです。その人のライフ・ヒストリーの問わず語りに耳を傾けているとき、わたしはたぶん、ついに知らずに終わった父の人生のかけらを探していたのだと、いまにして思います。

わたしが聞き書きのために東北を歩いたのは、もっぱら一九九〇年代という、あきらかに過渡の季節でした。濃密な記憶に彩られた日々です。太郎さんと同様に、田舎も故郷も淡いまぼろしのようにしか知らないわたしは、きっと東北という風土にあやされ／もてあそばれながら、民俗学者として立ちたいと願い、挫折し、遠ざかり、それにもかかわらず、いまだに民俗学の残響のなかで仕事をしているのです。わたしは東北に育ててもらった、そこがもうひとつの故郷になったのだ、と身勝手を承知で考えることがあります。

だから、あらためて、藤原さんが指摘されている、標準語を書いているわたしとは何者か、と問いかけてみたくなりました。藤原さんは比喩ではなく、標準語を外国語として学ばれた時期があるのですね。それを受けていえば、わたしは標準語も、外国語もどちらもまともに学んだ経験がないのだと思います。多摩育ちのわたしは、粗野ではあれ、とりあえず標準語に近い言葉を使っていたのでしょうか。よそ者ばかりの貧しい都営住宅や学校のなかでは、ほんとうはかすかな「お国訛り」が飛び交っていたはずですが、そんなことを気にする者はなく、もしかすると、わたしの話し言葉への無知と鈍感さはそのあたりに源流があるのかもしれません。武蔵野の面影をかすかに残した、一九六〇年代の府中や国分寺は、思えば、「移民の大地」とでも呼ぶしかないような、故郷や出自をたがえる流れ者たちが集まり住んだ郊外そのものでした。

そして、外国語をきちんと学んだことがないわたしは、日本語という「国語」を外国語として学び直す、いわば外から眺めるという経験もまた知りません。わたしはたしかに、外国語を使う必要に迫られる場所に身を置くことを意識的に避けてきた、あるいは、逃げてきたのです。民俗学者という立ち位置は、それを無理なく許容してくれる護符のようなものでもあります。頑なですね。わたしはやはり孤立した、いかがわしい存在なのでしょう。

二〇〇〇年代に入ってからの、ほんの数年間、たまたま縁があって韓国をフィールドに歩いた時期がありました。済州島《チェジュド》や、珍島《チンド》とその周辺の島々を韓国の研究者たちと、聞き書きのために歩きました。結局、それも中途半端に終わりました。むろん、言葉の壁は大きなものでした。柳田国男の言葉を借りれば、相手の魂に触れることはむずかしい、という挫折感がありました。言い訳ですね。もうすこし若かったら、当たり前に外国語を学んでいただろうし、海外にも出ていたと思います。ともあれ、これがわたし自身の変更のきかぬ現実です。

思えば、わたしの聞き書きは、ほとんどが一人旅でおこなわれました。ふらっと、なんの紹介もツテもなく見知らぬムラに飛びこんでゆくスタイルでした。苦しいけれど、至福の時間でした。なにを聞きにきたのか、と何度も問われました。仕方なく、あなたの人生を聞かせてほしくて、とか苦し紛れに答えると、俺の人生か、学者先生には見えないな、と困ったような顔で笑われました。そうして、わたしは東北のじいちゃん、ばあちゃんにあやされて育ったのですね。

二〇一九年九月一日　間歇泉《かんけつせん》のような痛みのなかで

土壌と人間

藤原辰史

赤坂憲雄さま

台風十九号は近年まれに見るほどの猛威を奮いましたが、赤坂さんのご自宅は大丈夫でしたか。いまなお増えつづける死者と行方不明者の報道に接し、心を痛めています。日本列島が毎年大災害から逃れることができないという厳然たる事実に、ただうなだれるばかりです。

京都は十月に入り、少しずつ涼しい日が増えてきました。毎年のことですが、京都の出《で》町柳《まちやなぎ》で、この世のものとは思えない夕暮れに出会います。橙色、紫色、紺色とグラデーションをなす空を背景にして、真っ黒なビルや木々のシルエット。宵の明星と薄い月が僅差で光の美しさを競っている最中に、車のライトが視界を遮ります。季節は違いますが、清少納言の描写した「紫立ちたる雲」とはこれか、と妙に平安の世と交信をはじめたくなります。現代人たちも、あの空の色合いに見惚れて、携帯電話で写真を撮っています。

お返事を読んで、赤坂さんの異世界への摩擦なき浸透力に驚きを隠せません。何に喩えればいいのでしょうか。失礼かもしれませんが、水の色も月夜の光も身体を透き通るクラゲが、陸にあがり人間に変身すると、赤坂憲雄になる、という感じでしょうか。波に揺られながら、月を眺め、ふわふわと思考し、プランクトンやイワシやカニと会話する。異郷に溶け込む言語的心理的抵抗がないので、東北のじいちゃん、ばあちゃんから「俺の人生か、学者先生には見えないな」という笑いをいきなり浴びることができるのは才能というしかありません。

それとともに、私がフィールドよりも、方言の少ない文献に埋没することが好きなのも、きっと話し言葉の敷居に突っかかって構えてしまうからだ、と自省しました。「なんの脈絡もなく、暮らしと生業の場に闖入してゆくよそ者」であり、「きっと東北という風土にあやされ」ながら仕事をする赤坂さんの肩の力の抜けた闖入があるからこそ、あの仕事が可能なのですね。『象徴天皇という物語』というフィールドワークから遠い研究でさえ、この受動性、翻弄されることへの構えは大きな役割を果たしています。象徴天皇制の強さではなく、根源的「弱さ」や「虚しさ」という微弱な電波を捕捉しているのも、そして、坂口安吾、三島由紀夫、吉本隆明と自在に論者の目を獲得していくのも、クラゲのような「もてあそばされ」力があるからこそなのでしょう。

となると、赤坂さんが岩波書店のウェブ連載「性食の詩学へ」で、土壌という異世界をどう描かれるか、土壌という世界にどう「もてあそばれるのか」がとても気になります。私が土壌を話題にしたいのは、最初のお手紙で赤坂さんに投じた質問から離れたいからではありません。この国に現に起こっている不条理なことを支える人びとの皮膚感覚を、考えてみたいからです。

入国者収容施設で、苦難の果てに希望を抱いて日本に到着した人たちに安住の地を用意するどころか、尊厳を剝奪しつづける国。安価な賃金で危険の迫る原発労働をさせる国。台風十九号の時に野宿者を避難所に入れないばかりか、野宿者を入れないことを「税金払っていない」「においがするから」という理由で賛同する一部のネット住民たち。ナチスのレイシストと比べても遜色ない人たちの自覚なき暴力が各地で吹き荒れています。「日本は清潔な国ですね」という外国からの訪問者から幾度ともなく聞くこの褒め言葉に、私は見栄と欺瞞で本当に重要なものを塗り潰してきた国の、テカテカな表皮を感じます。不純なもの、異世界のもの、異なった考え方を持つものへの、著しい不寛容と、著しい無感覚と、著しい品性の劣化による、汚れなき自分が可愛くてしょうがない自己愛に溺れた国家。土壌にせよ、危険労働の従事者にせよ、失望する入国者たちにせよ、「見ないふり」を清く正しく美しく演じられる国家の表皮。

ちょっと話がずれますが、前便で赤坂さんは、大田や遠野での「壺の便所」の経験を語っておられました。どんな形かとっても興味をひかれますね。私が中高生のときは、家だけでなく周囲も和式のボットン便所でした。汲み取り式ですね。ちなみに私の友人のS君は、洋式便所が使えない人でした。和式じゃないと力が出ねぇ、とよく言っていました。とにかく、あの便所の音とにおいとハエの乱舞の記憶は、いまなお頭の中で再現できます。また、私の家は肥育のために牛を二頭だけ飼っていましたから、その糞尿と敷きわらも含めてあらゆる有機物を捨てる場所もご飯を食べる場所から遠くないところに存在していました。もちろん、田んぼや畑の土の肥やしになるのです。

便所からゴミ捨て場に至るこの風景を、中高生の私は特に何も感じていませんでした。エコロジカルだとも、あるいは、嫌だとも思っていませんでした。ただ、そこにある、という以上の気持ちはありませんでした。今年『分解の哲学』を書き終えて、ああ、やっと自分はあの見慣れた風景に意味を与えることができる、と思いました。さまざまな有機物を、土の世界はその分解力で、ゆっくり時間をかけて、熱を放出しながら、ふかふかの肥やしに変えることができる、ということに、改めて心底驚くことができました。秋が深まると、真っ白な霜の降りたあの場所から、発酵の湯気がもくもくと上がって、それはとてもきれいだったと今更のように思い出しました。ただそこに肥やしがあることの尊厳に、赤坂さんの言葉を借りれば、もてあそばれる、という感じでしょうか。

土は、近代人が見失った、できれば遠ざけておきたい存在かもしれません。けれども土は、物理学的にいえば、大地に存在するものの基盤であり土壌保水装置ですが、化学的にいえば、化学変化の宝庫ですし、生物学的にいえば、飲んで、食べて、生殖して、子どもを育てる地下の巨大都市のようなものです。植物にとっては、その体の半分を占める根の活躍する舞台です。根は、植物体を支えるだけではありません。土壌微生物と共生しつつ、栄養をせっせと取り込んでいます。

そして、土を構成する成分は、それがどれほど違和感のあるにおいを発していても、私たちの身体を構成する成分にほかなりません。土がなければ、私たちはありません。その土をアスファルトとコンクリートで埋め、日本国内の耕地を住宅と駐車場に変え、土で作物を育てる農業をあたかも自分より下等なものとして見てきた日本の知性たちが、受験競争で膨大な知識を獲得しながら、自分が何でできているかさえも見ようとしなかった。このことは、自分の生活を支える物や、それを怪我と落命の危機の只中で支えてきた人びとを、異質なものとして遠ざけてきた皮膚感覚と、どこかでつながっているのだと思うのです。

だからこそ、土壌の世界と人文学的にもう少し戯れていたい。ここで赤坂さんの異世界闖入の術は有効だと考えますがどうでしょうか。この術を使って私は、土壌の中に可能性やら、美しさやらを見つけるというよりは、善悪の彼岸ですべてを砕く土壌世界が、知性を根源的に恐れさせ、そういう知性の足がガタガタと震えて、何も言えなくなるような瞬間を味わいたいのです。

二〇一九年十月十五日　吉田山の向こうの紺色の空を眺めながら

汚れた土のゆくえ

赤坂憲雄

藤原辰史さま

なんだか、藤原さんの独特の感性の筆先でもてあそばれているような気がしますね。もちろん、クラゲほどには透明でも幻想的でもありませんが、フィールドでのわたしはいささか奇妙な存在であったかもしれません。すこしでも大きな耳になりたいと、幾度となく妄想に駆られました。クラゲが受け身の生き物なのかどうかは知らず、わたしはフィールドではいつでもかぎりなく受け身の存在でした。そうして聴こえてくる声に耳を傾けているとき、未知なる世界に触れている歓びにたしかに浸されていたのです。身をゆだね、しばしもてあそばれること、それこそがわたしが独学で学んだわたしなりの聞き書きの作法であり、あらゆるテクストを読む流儀でもあったのかもしれません。そんなことを、藤原さんにそそのかされながら考えています。

わたしは東日本大震災のあとに、武蔵野のハケと野川と雑木林がある風景をもとめて、いまのところに引っ越してきました。野川というほそい流れは、かつて暴れ川でありましたから、気がかりでしたが、台風は大雨と風だけで通り過ぎていきました。うかつにも、福島では大きな被害が出たことをあとになって知り、お見舞いの機会すら逸して、呆然としたことでした。

どうやら、この列島は本格的に災害多発の時代に入ったようですね。東日本大震災のあとに、「災後」という言葉が「戦後」との対比において使われましたが、すでに忘れ去られています。わたしは「災間」という言葉を、社会学者の仁平典宏さんの論考「〈災間〉の思考」(小熊英二・赤坂編著『「辺境」からはじまる』)によって教えられてから、この言葉のもつ思想的な喚起力に眼を凝らしてきました。

わたしたちはいま、災間の時代を生かされています。巨大な災害のあとを生きているのではなく、また、いつとは知れず、しかし確実に近い将来起こるはずの大きな災害までの、ほんのつかの間の猶予期間を生かされている、ということです。絶えざる災害の渦中に生かされている、といっても同じことでしょうか。わたしたちを深いところで呪縛している、この、なにか救いのない暗さや不安は、災後ではなく災間ゆえにもたらされているのかもしれません。それがたんに自然災害ばかりではないところに、黒ずんだ不安の根っこはあります。原子力発電所のカタストロフィー的な事故ですら、もはやだれも、二、度、と起こらないとは言明しなくなりました。それにもかかわらず、あらゆる合理的な根拠が失われても、この国は惚けたように原発を稼働させつづけています。グロテスクな現実ですね。次なる南海トラフ大地震か、どこか活断層が動く直下型地震によってか、あるいは予測しがたい怠惰やミスや攻撃においてか、もうひとつの原発事故が招来されるかもしれないことは、だれもが予感していることでしょうか。

東京電力福島第一原発の爆発事故がもたらした、最大の負の影は、われわれが言葉への信頼をなし崩しに奪われたことだ、と感じています。「安全」や「安心」は社会のいたるところで、すっかり地に堕ちました。隠蔽や欺瞞によって、数字やデータが公然と改竄《かいざん》され、抹消されるようになった場所では、そもそも「安全」や「安心」が担保されようがないことは、あまりに自明に過ぎることです。たとえば、「原子力は未来のエネルギー」という牧歌的な看板を視界から祀り捨て、なかったことにしてやり過ごすことを、わたしたちは選んでいます。問うことを宙吊りにして、言葉そのものを放棄したかのように。わたしたちを取り巻く現実は、まさしく自発的隷従という言葉がはまり過ぎていて、怖いほどです。

いきなり、ギアチェンジしてしまいましたね。三・一一のあとの混沌とした日々に感じたこと、考えたことこそを起点にして、わたしはいまも生きつづけています。わたしは頑ななクラゲなのです。モグラかもしれません。ときおり、身を潜めていた地中から顔を覗かせる。あまりにたくさんの言葉が行きどころもなく、身の奥処《おくが》に滞留している気配に、苛立ちを覚えています。

さて、土壌と人間について問いかけることが、途方もなく難儀な、かつ現在的な避けようのないテーマになろうとしていますね。そういえば、宮崎駿監督のアニメ映画『風の谷のナウシカ』(一九八四年)には、「汚れているのは　土なんです」という印象的な言葉が、ナウシカ自身によって語られていました。わたしはその言葉を、震災後のあるとき、痛みとともに思い返したことがあるのです。たしか、福島県内のゴルフ場であったか、堆積した放射性物質をめぐって東電を訴えたのにたいして、放射性物質は「無主物」であるから責任を問うことはできない、と却下されたのです。そんな記事をどこか新聞で見つけて、わたしは即座に、網野善彦さんの『無縁・公界・楽』を思い浮かべ、心のざわつきを抑えられなかったのです。それ以来、わたしはこの汚れた土のゆくえに人知れず、関心を寄せてきました。足尾銅山鉱毒事件などにも繋がっていきますね。

やはり宮崎監督の『天空の城ラピュタ』(一九八六年)のなかには、シータという少女がふるさとのゴンドアの谷の歌、その「土に根をおろし　風とともに生きよう　種とともに冬をこえ　鳥とともに　春をうたおう」という一節を呼び返したあとで、「どんなに恐しい武器を持っても　たくさんのかわいそうなロボットをあやつっても　土からはなれては生きられないのよ」と語る場面がありました。この「土から離れては　生きられない」という言葉もまた、たんなるエコロジー的な意味合いを超えて、わたしたちの現在に突き刺さるものでありえています。

思えば、「汚れているのは土だ」／「土から離れては生きられない」という、土と人間をめぐるテーマにおいて交錯する、ひき裂かれた、いや真逆の声を前にして、あらためて問いそのものの立て直しが迫られています。たとえば、震災から間もない時期に、汚れた土から逃れるために、植物工場という選択肢を模索する動きがありました。わたしはどこかで、この福島が生き延びるためには、それだって受け入れざるをえないのかもしれないと思いながら、近づいてくるベンチャー企業の若者たちの説明に耳を傾けていました。いまとなっては、たちまちに潰《つい》え去った、なんとも痛ましい夢のかけらです。『風の谷のナウシカ』では、地下水をくみ上げて農業を続けていました。そこには、「土から離れては生きられない」という声がこだましていたのです。ふたつのひき裂かれた声をいかにひき受けるか、それが問われています。

お手紙の結びに語られていた藤原さんの覚悟にたいして、心からの共感を覚えています。

願わくは、それを語りて、いまを生きる人々を戦慄せしめよ。それならば、わたしもまた、そそのかされて、震災後間もなく福島県南相馬市で目撃した泥の海と、レヴィ＝ストロースの『やきもち焼きの土器つくり』と、藤原さんの『分解の哲学』とを掛け合わせたような異形の場所から、問いの土俵そのものを構築しなおしたい、などと呟いてみたくなりました。むろん、いつだってカオスを宿した妄想から起《た》ちあがってくるものですから、一寸先は闇だというしかありませんが……。

二〇一九年十一月十一日　書庫が片付いた夢を見ながら

引き裂かれつづける

藤原辰史

赤坂憲雄さま

京都では、紅葉が真っ盛りです。植物は葉に栄養を送ることを中止し、あとは落ちるがままにします。死からただよう美の色づき。紅葉もまた、生きものが生と死に引き裂かれることの表現なのかもしれません。そうそう、ちょうど『ナウシカ考』が研究室に届きましたよ。思わず、マンガ版の『風の谷のナウシカ』を買い求め、これまでちょっとずつしか読んでいなかったのを、全巻読破しました。準備万端でこれから『ナウシカ考』を読もうと思います。

さて、昨晩の酒の席で、とても信頼する友人が『分解の哲学』についてこんな質問をしてくれました。園児が泥んこになる庭が作れるほど広くない、大都会の真ん中にあっても、土や種子や幼稚園の可能性を藤原は語るのか、語るとしたらそのことに虚しさや空々しさを感じないのか、というものでした。『分解の哲学』を熟読して、内容に大方賛成の意を伝えてくれた上での問いかけでした。

赤坂さんが、「汚れているのは土だ」と「土から離れては生きられない」という宮崎駿作品に通底するダブルバインドを指摘されましたが、友人の問いと重なる部分があると思います。二〇一一年三月十一日、私はドイツでの史料収集から帰る途中、飛行機の上でした。飛行機は、地震が起こったので成田への着陸をいったん回避すると新潟上空でアナウンスをして、何度も旋回した上で、最後は千歳に着陸しました。あの時刻に私の体は日本列島の空中を漂っていた。共に揺れなかった。うしろめたい記憶です。福島の有機農法を営む農家が長い年月をかけてやっと作ってきた土が原発事故で一瞬にして汚染され、自死を選んだあの事件を新聞で読んだとき以来、その記憶はいまもしこりのように私の心に残っています。人生をかけた仕事が一瞬で消える緊張感を私はどこまで持っているのだろうか、という自問でもあります。

日本の近代が日本列島中の土壌を殺しつづけた上に、田んぼや畑や林や森に大量の放射性物質を降らせたこと、これはもちろん徹底して批判すべきことです。ですが、友人の問いと赤坂さんの決意は、では、そんな原理的な批判だけでいいのか、あなたは汚染された土の上で、アスファルトとコンクリートの上で土の分解力なんて言葉を吐いてきれいごとではないか、という問いでもあると思いました。

赤坂さんは、クラゲという私の比喩をおおらかに受け容れてくださりました。うれしいです。「くらげ普及協会」のホームページを見ますとクラゲは九十五%くらいが水分だそうですから、きれいごとを語る生き方ではない。赤坂さんの「ひき裂かれ」という言葉にハッとさせられましたので、もう少しその話をさせてください。

ルカーチの『小説の理論』の冒頭を少し援用しながら考えてみますと、星のきらめきが人生の行先を示してくれたまどかな世界から、こぼれ落ちた近代の人間は、もはや天空の理《ことわり》との一体感を感じることはできず、おのれの魂を暗闇で試しつつ歩かざるをえません。「ひとかどの市民になること」。これが近代の重要なプロジェクトですが、その形式である教養小説の中に常に「未完」と「未着」が内在していた、ということを大学院時代に私の師の『教養小説の崩壊』に学びました。『三四郎』が典型ですよね。「ステップアップ」「キャリアアップ」「経済成長」という男たちの大好きな上方感覚の幻想に私たちはひきずられ、しかし、現実には乗り切れずにドロップアウトすると、方向感覚を失って迷い子になり、共同体から切断された「無縁」の世界を迷いつづけている、というふうに、私は近代小説に映る近代社会の市民像を理解しています。

しかも、いまはもう土壌とそこから生まれる食べものですら、私たちの生命を保証してくれるとは限らないわけです。

そして時間も。赤坂さんのお便りに「災間」という仁平典宏さんの言葉が引用されていました。とても興味深い言葉ですね。災害と災害のあいだを生きている。次々に押し寄せる台風の合間。水害の不安。となると、もう時間さえも私たちを支えてくれる概念ではありません。

よくメディアで使われる、「先行き不透明な時代」というフレーズは時代の性質のある部分を説明してくれてはいますが、それほど意味のある言葉だとは思いません。なぜなら、時空ともにかなり歪みがあって、踏み締めたと思った足場が消えていたり、貯めつづけた財産が一瞬で消えたり、近くの川の堤防が切れたり、突如として地震が起こったり、先行き不透明な「異形の場所」は、むしろ近代社会のデフォルトであるからです。

先を見通そうとして「計画」に頼りすぎ個人の自由を歪めた強権的な社会主義や、未来のある部分だけ見通しを良くして次世代の泉から膨大なマネーを無断で汲み取りバクチを続けるカジノ資本主義、あるいはＡＩに未来のご神託を聞こうとするＳＦ世界は、未来を過剰に見通しすぎている点では似ていると私は思います。ですから、一寸先は闇だと思いながらものを考えるほうが、光射す方向が無理なく見えるかもしれません。しかも、災害も不況も待ったなしで、不意打ちを繰り返します。闇を前に警戒しながら、不安と困難を人とシェアし、ふと浮かび上がる契機を捉え、前に進む、というほうが結構うまくいくんじゃないかな、と最近考えています。

ちょっと話が抽象的になりすぎましたね。もう少し具体的に。

異形の場所。この言葉を聞いて、網野さんの一連のご研究とともに、私は妖怪の世界を思い浮かべました。私は、以前からナチスの収穫感謝祭を研究してきました。調査過程で、ドイツにも無数の妖怪がいることがわかりました。河童のような水男、木の形相のハンノキ女、収穫寸前の麦畑を駆け抜ける麦狼や麦おばさんなどです。だいぶん昔に麦おばさんについて論文を書いたことがあります。あれは、収穫間際の畑に子どもが入ると麦おばさんにさらわれてしまう、という恐れを子どもに与え、麦畑が荒れるのを防ぐという機能がありましたが、かつて人びとは本当に見ていたと想像します。すっかり科学教育で洗脳された私でさえも、黄金色の麦畑や田んぼに風が吹き抜けるとき、まるで何か生きものが麦畑を走っていたように感じることがあります。私は小学校の頃、モンスターにハマり、スケッチブックに、たくさんモンスターを描いていました。空を飛ぶドラゴン、ツノの生えた牛人間、毛むくじゃらの一つ目巨人などに魅せられていました。妖怪やモンスターって、まさに、人間と有機物と無機物に引き裂かれた存在ですよね。今年十月の東アジア環境史学会で「もったいないおばけ」の原型である付喪神《つくもがみ》について発表したのですが、あれは長いあいだ使われた物に宿る霊でした。『遠野物語』にも『風の谷のナウシカ』にも登場する異形のものたちが、どこからともなく現われては去っていくような場所が、気の遠くなるあいだ消えることのない放射性物質と核のゴミと共存する時代に、言葉を立てなおす場所ではないか、と、赤坂さんのお仕事を見ながらそんな予感を抱いています。

二〇一九年十二月十日　出張中の東京丸の内にて

異形の場所からモノへ

赤坂憲雄

藤原辰史さま

岩手県の遠野から帰ったばかりです。今年は雪がほとんどなく、異様な冬景色が広がっていました。会津からも、同じような声が聞こえてきます。大きな気候変動が背景にあってのことなのか。これから、どかっと大雪が降る可能性はありますが、気がかりです。そういえば、東日本大震災のあと、東北のブナ林やそこに生きる動物たちに異変が起きているようだ、と語られることがしばしばあります。信頼できる調査がおこなわれているといいのですが、情報はいたって少ないですね。

藤原さんは「近代社会のデフォルト」と書かれています。わたしはそのデフォルトをはじめ債務不履行と受け取り、本義を探しあぐね、あらためて標準や初期設定という場所へとひき戻されました。ひとつの声が響いていました。負債を払いなさい、そう、その敬愛する女性は頰笑みながら言いました。男は男であることにおいて、つまりデフォルト(初期設定)として、すでに債務を背負わされているが、それは債務として意識されることなく、いたずらに放置されてきた、といった意味合いでしたか。その声に促されて、もうひとつのデフォルト(債務不履行)という場所へと押し出されていったようです。ふたつのデフォルトが、誤読のなかで邂逅を果たしたのです。

たいていの初期設定《デフォルト》は、それと知られることがないままに棄て置かれていますね。先行き不透明な「異形の場所」が、なぜ生まれてきたのか。初期設定《デフォルト》にもどって、問いそのものを再構築しなければならないでしょう。たとえば、宮城県東松島市の野蒜《のびる》で聞いた、

「ここは海だったのよ」という言葉を忘れることはありません。その海辺の新興住宅街は跡形もなく、大津波で流されていました。内陸部でも、大きな地震によって液状化したエリアがありましたが、それはきまって、かつて川の蛇行部分や沼地であったようです。近代の初期設定《デフォルト》のなかには、「時の試練に堪えた場所」(寺田寅彦「天災と国防」)に家を建てるべきだ、というモラルは含まれていなかったのですね。

そう書いて、足を掬《すく》われた気分になります。わたしがいま、武蔵野の、野川のほとりに暮らしていることは、すでにお話ししました。そのあたりがじつは六十年ほども前には、人の住まぬ湿地帯で、一面に水をたたえた田んぼが広がっていたことを、最近になって、ほんの偶然に知りました。そんなことすら調べずに、震災後に引っ越してきたわけですから、笑われますね。いまは湿地の面影などかけらもなく、まったくの住宅街になっています。

武蔵野がはらんでいる時空の歪みは、確実に、いたるところにそうした「異形の場所」を産み出しています。東京の郊外としての武蔵野は、開発と移民の色濃い影に覆われているのです。ところが、それはほとんど知られることなく、いま・そこに暮らす人々には地の記憶として継承されていません。そこには、いかなる歴史が埋もれているのか、ほんの六、七十年前には、あるいは近代のはじまりの百五十年前には、いかなる景観が広がっていたのか。その足元からの掘り起こしが、やがて近代の初期設定《デフォルト》を浮き彫りにするような方位へと、わたしの武蔵野学は向かうことになるでしょう。

東日本大震災がつかの間露《あら》わにした「近代社会のデフォルト」は、どうやらすっかり視界から祓いやらわれましたね。露顕した初期設定としてのデフォルトを根底から再考する、それゆえ、債務不履行としてのデフォルトを清算する絶好の機会をみすみす逃して、たとえば、コンクリートの巨大な防潮堤の建設を許してしまった、原発再稼働すら止めることができなかった、それがわたしたちの抱きしめるべき現実です。

震災のあとに、南相馬市で目撃した泥の海について、わたしはくりかえし語ってきました。かつて相馬地方の海岸線に沿って、いくつもの潟や潟湖《せきこ》があり、漁業や塩作りが盛んにおこなわれ、風光明媚な地としても知られていました。それはしかし、明治三十年代に始まった水田開発とともに姿を消していったのです。震災から四十日ほどが過ぎた頃、そこにはかつての潟の輪郭をなぞるかのように泥の海が広がっていました。その下には近代の田んぼが沈められており、対照的に、道路を挟んで少しだけ高台にある近世の田んぼやムラには、津波は届かなかったのです。それはまさしく、履行されざる債務が大津波によってむき出しにされたかのような光景でした。この泥の海こそが、弥生以降の日本列島の開発と災害をめぐる原風景のひと齣《こま》であり、同時に、わたし自身の東日本大震災の原風景のひとつとなりました。わたしはそれを、「潟化する世界」と名づけて、持続的に思索を深めてゆくべきテーマとしています。

年の暮れに、藤原さんの『分解の哲学』を読んでいたとき、ふと、こんな遠い南の半島の海辺の情景がよぎりました。四、五年前であったか、国東《くにさき》半島芸術祭のひと齣として、飴屋《あめや》法水《のりみず》さんの「いりくちでくち」と題されたアートツアーに参加したのです。その第二章が「浜の処理場」でした。半島のうち棄てられた家々が解体されて、そこに運び込まれてくるのです。それを部材ごとに分別し、木材はチップにする、堆肥にしてみかん畑に撒いたり、シイタケ栽培の苗床にする、と聞かされました。

失われた家々のかけら。家の、家族たちの、村々の記憶の断片。この半島の浜辺近くの処理場は、あまりに東日本大震災の津波に流されたエリアに点在する、瓦礫《がれき》の集積場に似ていました。一年半のあいだ、わたしは被災地を巡礼のように歩きつづけました。そこに瓦礫となって転がっているモノたちは、いまだ生々しく、泥や水にまみれ、数も知れぬ記憶のかけらを纏《まと》いつかせていました。百年、二百年の歳月のなかで、ゆるやかに朽ち果てゆく半島の家々と、一瞬の巨大な津波によって流され、破壊された家々とのあいだには、どんな違いがあるのでしょうか。眼の前には、よく似た情景が広がっていました。残酷なのは時間か、それは瞬間なのか、持続なのか、隔たりなのか。

処理場の工程のおわりには、オガ屑の山がありました。そこは、カブト虫の幼虫たちの棲み処になっている、といいます。武蔵野の雑木林のなかを、カブトやクワガタを求めてさまよった、遠い夏を想いました。思えば、わたしたちの棲む家は、森や林の樹木から造られるのですね。家が朽ちて、木片に還り、堆肥となり、虫たちのあらたな命が宿ります。木の家に棲む者たちは、いまだ自然の少しだけかたわらにいるのかもしれません。

津波に洗われた泥の海でも、汚染された土にまみれながらも、アスファルトとコンクリートに固められた大地のうえでも、「分解の哲学」は未来へのささやかな希望であることをやめていません。それはけっして、きれいごとや無力な妄想ではありません。震災という体験を、分解や発酵といった視座から再考してみたいと思うようになりました。

藤原さんはまた、思いがけず、妖怪やモンスターについて語られていましたね。それら異形のモノたちが、どこからともなく現われては去っていくような場所、それこそが、この放射性物質と核のゴミと共存せざるをえない時代には、「言葉を立てなおす場所」として再発見されねばならない、と。たとえば、妖怪やモンスターを、もうひとつの分解の担い手として位置づけなおすことでしょうか。会津の女性たちと編んだ『会津物語』という本について触れたかったのですが、あらためての機会に。

二〇二〇年一月十四日　獣や鳥たちが近づいてくる……

泥の歴史学

藤原辰史

赤坂憲雄さま

二月にようやく初雪に恵まれた京都は、少し寒くなったなと思いきや、すぐに暖かくなりました。遠野も会津もほとんど雪がない、という赤坂さんの報告には心底驚きました。そんな日がついに来てしまったのですね。

この五年は、北海道から熊本まで、いろいろな場所で拙いお話をする機会が増えています。先週から今週にかけても、大阪で、農業技術と戦争技術をめぐるお話を二回、給食に関して一回、東京では来たるべき食の哲学をめぐるお話をしました。金沢から東本願寺にお越しになった農家の方には一日かけて、農業史の講義もやりました。複数の重い学内業務と締め切りが重なり体力的に厳しいのはたしかです。導入が長いとか難しいとか、いろいろなご批判を受けることもあります。

にもかかわらず充実した時間と感じられるのは、生活感覚の延長としての鋭い質問が私を強襲し、鍛えるからです。とくに給食に一生を捧げられてきた栄養士さんや調理師さんたちの言葉は、胸をえぐります。「あなたは、給食調理員が自分の作った給食を食べるのに自分で昼食代を払っているのを知っているか」と怒られたこともあります。「これで明日からも頑張れる」と涙ぐんでくださる方もおられます。熱心な読者と出会うのも楽しみで、本は全部読んでいるし、あなたの引用した本も結構読みましたよ、という奇特な方だけではなく、赤坂さんとの連載毎回楽しみに読んでいるよ、という方も多くて、今日も緊張しながら書いています。

こうしたおしゃべり行脚《あんぎゃ》を重ねながら、赤坂さんの東北での「巡礼」の様子を想像することがあります。赤坂さんはいろんな風景を拾って私に見せてくださいますね。おかげで、そんな風景をひとつひとつ私は積み木遊びのように積み上げて遊ぶことができます。

ただ、私が「巡礼」を続ける理由のひとつとして、人びとが本を読まなくなっている、という背景があることも補足せねばなりません。本が読めない。読む時間がない。買うお金もない。先日、子どもが入院したとき、看護師さんが子どもが読んでいるマンガを見て、「看護師さんの給料では買えないな、貸本屋さんで借りようかな」と笑顔で言っていました。ちょっと疲れたときに講演依頼はこれから全部お断りしようかと思うときもありますが、こんな看護師さんの言葉を聞くと、ライブも頑張ろうと奮い立ちます。赤坂さんもいろいろなところでいろいろなお話をされてきていて、その緊張感の中でどんな言葉を紡いでこられたのだろうか、いつかお聞きしたいです。

ところで、全国行脚の中で、不思議な体験をすることがあります。語りを繰り返すうちに、考えるより先に言葉が出てくる。頭にまとまっていないけれど、口を開けると、自分でも「自分ではない」と思うような言葉が走る、という体験です。

それが起こるのはとくに、第一次世界大戦の戦場で死んでいった二十歳前後の若い男の子たちのことを語るときです。職場の京都大学人文科学研究所で、足かけ八年間、第一次世界大戦の共同研究をしたことがあります。その研究の過程で何度かヨーロッパの戦跡を訪れました。もっとも激しい戦闘が繰り広げられたヴェルダンの跡地はいまはフランスの国家追悼施設になっていますが、私は、ここであることに気づきました。

ヴェルダンの市内からヴェルダン要塞まで友人が乗せてくれた車から見える景色は、本当に美しかった。青い空に、緑輝く森。けれども、その根元を見ると慄然とします。不自然にうねっている。大量の砲弾が炸裂した跡なのです。両軍ともに大量の砲弾を飛ばし、地面ごと人間を吹き飛ばしつづけました。ヴェルダンの納骨堂の地下に納められている骨がバラバラなのはそのためです。

戦場は、有刺鉄線が張り巡らされた泥であり沼です。着弾と爆発のあとに雨が降り、水が溜まり、虫が湧き、星や月が煌めき、その中をずぶずぶと足を踏み入れて進軍します。そこを突破するために開発されたのが、アメリカのキャタピラー型トラクターをモデルに開発された戦車という兵器でした。塹壕の泥の中はネズミが走り、シラミが湧き、チフスが発生します。泥の中で信じられないほどの数の人間たちが、文字通りバラバラになって死んでいきました。

今日の大阪での講演でこんな話をしたあと、「戦争の恐怖の本質って先生は言ったけれど、それについてもっと詳しく話してくれませんか」という質問が出ました。

途端に、私の口は私のものではなくなりました。私の口は今日こんなことを言ったのです。「戦場に散らばる死体のかけらも悲惨ですが、生き残ったあとも悲惨です。銃や機関銃の性能が上がったので、きれいに体の一部をもぎ取ることもあります。片耳がない。顎だけない。足がない。指がない。片目がない。睾丸がない。精神異常をきたす。そうやって二十歳の若者は生き残って、故郷に帰ってくるのです。帰ってきても、ほとんどの場合、大切にされない。そんな異形の人を受け入れてくれる場所は少ない。生き残ったから死ぬよりマシだと誰が彼に言えるでしょうか」

赤坂さんは、震災後の泥に転がる瓦礫やかけらに、反転の兆しをみようとされています。そんな際どい作業ができるのは、文章の力というよりは、赤坂さんが震災の死者から交流を打診されても断らない態度を持っているからだと、思えてなりません。私は悪い意味で科学者体質なので、霊についてあまり語らないようにしているのですが、このお手紙では不思議と書きたくなっています。砲弾の花火のような連発の中で、死んでいったり、生き残ったりした異形の子たちは、泥から這い上がって、私の口を操っているのかもしれません。

ベンヤミンは歴史の屑拾いを自称した、と、『分解の哲学』の書評で野家啓一《のえけいいち》さんがお書きになってくださり、小躍りしました。ベンヤミンの真似をして、私も歴史に打ち捨てられたモノを拾って歩きたい。歴史学の作業とは、自分にはどうしようもない大きな力の下で、泥に打ち捨てられた人やモノたちを、史料の上で確認して、言葉にほぐすことで、その異形な人やモノが現代社会を生きるあなたの体の一部であることを、宗教や道徳とは別の次元で証明することだと思うのです。

『ナウシカ考』の中で、赤坂さんは、マンガ版『風の谷のナウシカ』で変奏して描かれる「子どもの死」に注目し、そこに満洲国の崩壊とともに親族を失い、集団自決を決行した母親や子どもを重ね合わせておられますね。このあたりの赤坂さんの筆致は、鬼気迫るものがありました。山形県の満蒙開拓団の生存者から聞き取られた内容を想起しておられますが、これもやはり、歴史の屑拾いとして正しい作業であると私は感じざるをえませんでした。

ヴェルダンの戦地では、若者の亡骸が、打ち捨てられた誰かの腕や鼻や指や耳と一緒に泥の中に埋もれていました。震災後の泥の中にたくさんの瓦礫と亡骸があったことも、苦しいですが、認めざるをえません。歴史というタペストリーが、そんな泥の中でしか織れないことを、現在の歴史家たちはどうして忘れようとしているのでしょうか。

二〇二〇年二月十二日　ぬるい小雨が降る京都にて

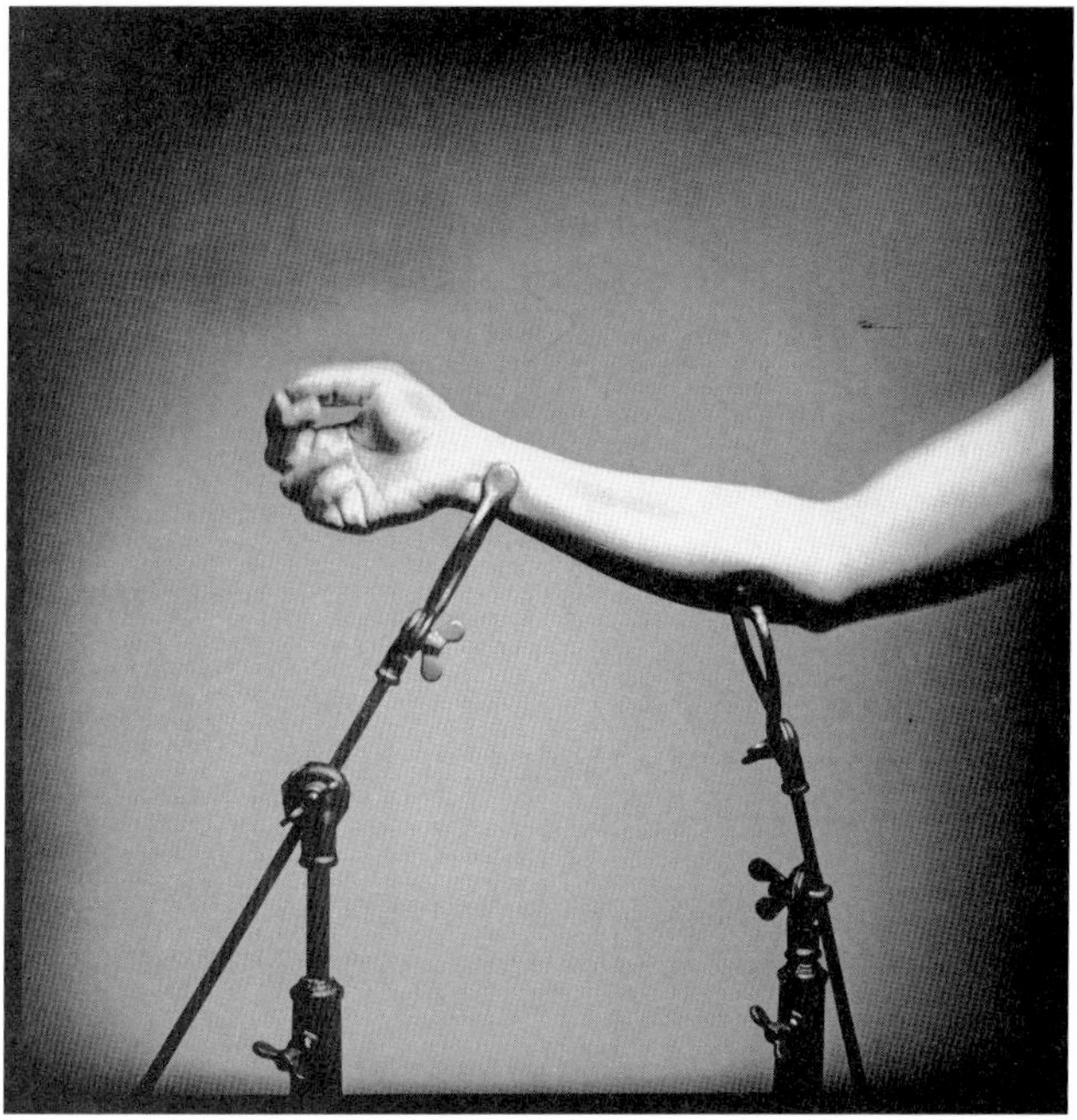

傷を記憶すること

赤坂憲雄

藤原辰史さま

まず、ご報告しておきたいことがあります。十七年間、館長という職を頼りなく背負いながら、それなりに果敢にミュージアムの可能性と限界を問いかけてきた福島県立博物館を、この三月末に離れることになりました。館長職を非常勤から専任にする、という大きな流れが生まれつつあり、その余波のようなものです。博物館はどこでも、いま深刻なかたちで存在理由を問われようとしています。心乱れなかったといえば嘘になりますが、一年前に予告されていたことではありました。県博は離れるけれども、会津は離れない。そんな覚悟だけは、早くに決めました。幸いにも、手探りに将来構想を描くための時間はありました。野《や》に下り、東北学の最終章を、実践のなかで深めてみたい。それが辿り着いた、とりあえずの結論です。いずれ、機会をあらためて。

受けとめるのがとてもむずかしいお手紙でした。その厳しい余韻のなかで、戦争の傷の可視化／不可視化ということを考えずにはいられませんでした。

東北では、ライフ・ヒストリーのひと齣としてであれば、たくさんの方から戦争体験の聞き書きをおこなっています。ほとんどは抑制的なもので、わたしはただ語りに身をゆだねるだけです。たった一度、震災後に訪ねた友人の家で、九十歳に近いもの静かな父親が唐突に、呻き声をあげるように、戦場というのはひどいものだ、殺人・強姦・略奪なんでもあった……と語りだした瞬間がありました。震災の現場と大陸の戦場とが重なった瞬間だったのかもしれません。

わたしがまだ幼かった頃、祭りの庭の片隅には、白衣の傷痍《しょうい》軍人が施しを求めて立っていました。一九六〇年代のはじめには、それはとりたてて珍しい情景ではなかったのです。敗戦からほんの十五年ほどですから、戦争の記憶はいまだ生々しいものでした。正月などに親戚が集まれば、酔った大人たちの戦争《いくさ》語りが始まりました。シベリアに抑留されていた「流れのおじさん」の話など、その暗くもの哀しい雰囲気だけは忘れられません。

腕がない、足がない傷痍軍人たちから、その傷痕から眼を背けながら、人々は戦後を生きていたのです。はるか後年になって、『ゴジラ』(一九五四年)について論じる機会をあたえられたとき、わたしは南太平洋の島々で無惨に死んでいった兵隊たちを想ったのです。ゴジラの哀しげに咆哮《ほうこう》する姿に、かれらの怨みを重ねてみたくなりました。幼い記憶に刻みつけられた傷痍軍人の姿のゆえであったかもしれません。

傷痍軍人というのは不思議な存在です。そこでは、戦争の傷が一瞬だけ可視化されながら、たちまちにして虚実の被膜に覆われて、見えなくなります。兵隊たちが見た「地獄」は、それを証言してくれるはずの傷痍軍人の傷痕によってこそ、逆に現実らしさを剝奪されるのです。戦争の記憶としては無効化される、といってもいいでしょう。もう戦争は終わったのだ、明るい戦後が復興とともに深まり、広がってゆく。東京オリンピックだって数年先に近づいている。それなのに、まだあの人たちはいかがわしい戦争の傷痕を楯にして、それをさもしい経済行為に変換しようと足掻いている、といったところでしたか。わたしの父や母は、府中の大国魂《おおくにたま》神社の参道脇に立つ片腕のない白衣の人に、心惹かれるわたしの手を引いて、けっして立ち止まらせることはありませんでした。わたしは幼な心に、それが触れてはならない禁忌であることを知ったのです。

一九九〇年代はじめ、本州の北端、下北半島の恐山《おそれざん》の境内で目撃したのが、わたしにとっての最後の傷痍軍人でした。包帯を全身に巻いた片足の男は、カメラを向ける人々にたいして、神経質そうに苛立ち、松葉杖を振りあげて威嚇したのでした。老人ではなく、まだ中年のように見えました。平成の傷痍軍人は、なんとも寺山修司風であり、ひとかけらの笑えないギャグでしかなかったのです。鈍い痛みとともに甦《よみがえ》ります。そのかたわらでは、盲目のイタコたちが小屋掛けして、死者の口寄せをおこなっていました。戦争の死者たちを呼び出す依頼者はいたのでしょうか。その恐山の祭りの庭では、傷痍軍人とイタコが、記憶の認証と継承をめぐる見えない戦いを演じていたのではなかったか、などと思うのです。
戦争の傷、広島・長崎の傷、水俣の傷、福島の傷……、それぞれの傷があり、それはどのように記憶として継承されてゆくのか。福島ではいったい、なにが起こっているのか。福島の傷には、かたちも色も匂いもないのです。仕方なく、たとえば数字の札を胸にぶら下げたところで、それは傷の存在を証《あか》し立ててくれるわけではありません。基準となる数字はたやすく上に、下にと、まるでゴールポストのように動かすことができます。そうして、数字はあらゆる傷を不可視化し、ときには、まったく無効化することだって可能なのです。福島の傷は見えない、触れない、だから、たやすくなかったことにだってできます。そもそも因果関係を立証することなど、被災者自身にできるはずがありません。

歴史の屑拾いですか。ベンヤミンがそう自称したのですね。とても励まされますが、歴史学の研究者としては禁制への違背そのものではないか、と怖れを感じずにはいられません。藤原さんは書かれています、「自分にはどうしようもない大きな力の下で、泥に打ち捨てられた人やモノたちを、史料の上で確認して、言葉にほぐすことで、その異形な人やモノが現代社会を生きるあなたの体の一部であることを、宗教や道徳とは別の次元で証明すること」こそが、歴史学の仕事である、と。

昭和のはじめ、文字史料にもとづく歴史学にたいして叛旗をひるがえし、常民の史学へと向かうことを宣言したとき、きっと柳田国男その人は、歴史の屑拾いを始めようと覚悟を固めたのです。文字と語りのはざまで、史料という範域《テリトリー》が拡張されることなしには、「大きな力の下で、泥に打ち捨てられた人やモノたち」の歴史が浮き彫りになることはない、そう、信じられていたかと思います。

石牟礼道子さんは『西南役伝説』のなかで、熊本の百姓たちが語る「西郷戦争」(西南の役)を起点として、近代における戦争の記憶を掘り起こしています。それは石牟礼さんにとっては、「あり得べくもない近代への模索」の試みでもありました。こんな言葉が書き留められています。「西郷戦争は、思えば世の中の展《ひら》くる始めになったなあ」といい、「上が弱うなって貰わにゃ、百姓ん世はあけん。戦争しちゃ上が替り替りして、ほんによかった」という。こうした百姓のしなやかにして、したたかな言葉を拠りどころにして、常民の歴史を希望の束として編みなおそうとする。そこにはきっと、体制の思想を丸ごと鉄鍋で煮て溶かしながら、「縄抜けの技」を秘得しているかのように、「想うてさえおれば、孫子の代へ代へときっと成る」と頬笑む百姓たちへの、深い信頼が沈められていたはずです。

わたしはいま、福島から、石牟礼道子さんと出会うための道行きへと足を踏み出そうとしています。

二〇二〇年三月十六日　不穏な空気のなかで

あとには戻れないならば

藤原辰史

赤坂憲雄さま

お元気ですか。元気という言葉の重みを感じる毎日です。

先日のお便りで、赤坂さんが福島県立博物館の館長をお辞めになったことを知りました。

「ミュージアムの可能性と限界を問いかけ」る努力は、どれほどの精神力と体力を消尽するものだったのだろうと推察します。本当にお疲れさまでした。そして、赤坂さんが「野に下り」、正史ではなく、野史といういばらの道を歩んでいかれる後ろ姿を遠く京都から見つめています。

この一か月。私の環境はすっかり変わりました。現時点で、教え子の結婚式が一つ、国際会議が二つ、研究会が六つ、講演会やトークイベントが九つ中止もしくは延期となっています。赤坂さんにもおそらく中止や延期の連絡がつぎつぎに届いていることでしょう。しかし、変わったというのは、実質的にはこのことではありません。

私は、三月の空いた時間を、滞留していた書籍執筆の時間に割こうと思い、博士課程の一年目以来溜めてきた農本主義の研究論文の書籍化に向けて、丸山眞男を集中的に読んでいたところ、新型コロナウイルスについて十枚くらいで書いてほしいという依頼が『給食の歴史』の担当編集者から入りました。たまたま興味を抱いていた百年前のパンデミック(第一次世界大戦の最終年に起こり少なくとも世界で四千万人の死者を出したスパニッシュ・インフルエンザ)の歴史を軸に、「B面の岩波新書」というウェブサイトに拙い文章を書きました。結局、二十五枚にまで膨れ上がりました(「パンデミックを生きる指針——歴史研究のアプローチ」)。

百年前の地球全体に広まったパンデミックは足かけ三年にわたり続いたこと、三回のピークがあったこと、ウイルスの猛威はとりわけ弱者に向かうこと、「危機は、生活がいつも危機にある人びとにとっては日常である」ことなどについて述べました。少なくとも現時点で希望は持てない、という暗い展望ですが、まったく予期していなかったことに、一週間で三十万回のアクセスを得たそうです。

異常ともいうべき反応を得て、内から力が湧き起こるのを感じましたが、同時にキーボードを打つ指の一本一本に尋常でない重力がかかってきていることも否定できません。本来どんな文章もそうですが、今回は特別に、お前はどうするのか、ということを、自分で書いた文章が書き手の胸ぐらを摑んで離さないからです。

言葉は一度放てば永遠に固定されます。しかし、刻一刻と事態は変わる。言葉一つ間違えば、多くの人の生活を苦しめる。言葉一つ間違えば、取り返しのつかぬ傷を読者に残す。いや、もう残しているかもしれません。現に、私が百年前のパンデミックは長期化したと書いているから、借金の検討を始めたというコメントをネットで読みました。私の文章をプリントしたものを、電車通勤の時間、毎日読んでいるというコメントもありました。通勤中にスマホで気遣いたい相手もいるでしょうに。無数の賛同のコメントは、ひっくり返せば、実践責任を負いなさいという定言命法にほかなりません。これも、今回の災厄でなくとも、言語を扱う人間はみな、ずっとそうだったのですが。さらに、私は、コロナの前からずっと、「ステイホーム」できない人びとがいて、「ステイホーム」が可能な人びとの生命を維持していたという事実に加え、百年前は社会的に弱い立場にある人の被害者が多かったという事実を書きました。感染は簡単に収まらない。現在の仕組みはホームにいられぬ人たちに矛盾を押し付ける。三段論法の三番目は明らかです。でも私は、私の希望ではない事実を書きました。書いたあとに私の予見がつぎつぎに実証されています。もうあとには引けません。いまの危機に耐えられない弛緩した言葉の使い手や、冷静と冷笑を履き違えている言葉の使い手たちが息を吹き返すその前に、手を打たなければなりません。

今朝のテレビではインドで仕事をさせろという暴動が起こり、警察が押さえ込んでいる映像が流されていました。四月十五日付の『朝日新聞』朝刊には「「家にいよう」という時、その一致団結に入れない人があることに気づかないのか」という、毎朝定時に出勤せざるをえない契約社員の怒りに満ちた投書がありました。世界各地で失業者が増え、世界恐慌に匹敵する危機の只中に立っているのは、いったい誰なのか、以前からそうであるように政権中枢の人たちは想像する知性さえ持っていません。

しかしもちろん、虐げられてきた人たちが真に生きていける世界へとこの世を変える試みは、歴史上ではことごとく失敗に終わっている、という事実は変えようがありません。第一次世界大戦のあと、毎日が戦争である人びとを主役に据えた世界への変革の環境がこれほど整っていたにもかかわらず、どうして平等を至上命題としたラーゲリ国家とファシズム国家の跋扈を許したのでしょうか。

それでも私があの論考を放り投げなかった理由のひとつに、赤坂さんとのやりとりがありました。なぜなら、最初のお手紙で私は、思考する人間たちがあれほど優れた作品を残しているのに、どうしてこの程度の社会しかいま存在しないのか、と問い、赤坂さんは「敢えて書く」という覚悟を、まったく力まずに私に伝えたからです。まるでこの事態を予見していたかのように。ただし、それは「敢えて聞く」ということを前提にしなければならない、という大変に厳しいものだった。赤坂さんが東日本大震災のあとに求められ、お書きになったものを読み返しますと、赤坂さんの好きな東北のおじいちゃん、おばあちゃんたちに危機が押し寄せる中でものを書くことの緊張と、向き合っておられるように感じました。そして、福島県立博物館での挑戦も、その緊張との対峙の日々だったと想像します。

私はずっと、これまで一度も実現された試しのない世界、赤坂さんが前便で引用された石牟礼さんの言葉を借りれば「あり得べくもない近代」のあり方を探るべく、歴史の屑籠をガサガサとひっかき回していました。もうコロナの前には戻れないことに多くの人たちが気づき始めています。これほど新しい時代の思考が切望されているいま、私の脳内の無数の屑拾いが、昼夜問わず、未遂の試みの断片を集めています。しかしその試みは他方で、戦後も震災後もそうだったはずなのに、という問いとの格闘でもあります。

変な喩えですが、いま、自分の文章が毎日自分を食べているような気分です。震災のとき、赤坂さんはどんな気持ちで文章を綴っていたのでしょうか。

こんな時代は、この世の生を狂い歌う叙事詩を聴きたいのですが、残念ながらその名手であった石牟礼さんはあの世にいて、私はあのように狂気を歌う能力を持ちません。ただひたすらに、未曽有のパンデミックと大失業時代に直面して、これまでの社会の矛盾が白日のもとに晒されたいま、当時を体験した人びとの声を聞き、それをまとめていくことしかできません。私の指がまだキーボードをたたきつづけるのは、正史によって廃棄された死者が私に語ることをやめないからです。無数の「死者の口寄せ」の恐怖に耐えなければ。もう、あとには戻れません。観念のしどころだと思っています。

二〇二〇年四月十五日　透き通った青空の京都で

見えない政治に抗うために

赤坂憲雄

藤原辰史さま

あいさつは抜きにしますね。わたしもまた、珍しく怒りに震えています。さて、心を鎮めて。すでに三か月も前のことになります。二月二十日過ぎ、しばらく振りに三陸の被災地を歩きました。東北ではいまだ、新型コロナウイルスの感染者が出ていなかったのです。旧知の人たちを訪ねました。それを起点に、被災地巡りの旅と思索を重ねるつもりでしたが、むずかしい状況になりました。その一端はとりあえず、『河北新報』に「災禍の果てに」と題して掲載されています。この未知なるウイルスは、臨床的な知のあり方にたいして深刻な影を落とすのかもしれません。

北上川の河口近く、津波に舐め尽くされたエリアは、いつの間にか巨大な防潮堤に囲われ、巨大な橋が架けられていました。かつて、そこに暮らしていた女性の囁《ささや》くような声に、胸を衝かれました。だれが渡って、どこに行くんだろうね。あの鉄の橋の向こうには、人が暮らすことはない、村はもはや存在しないのです。わたしはふと、あの世へ、という言葉を呑みこんでいました。野辺歩きの旅のなかでは、そうした民俗知を宿した言葉に数も知れず出会いました。はるかに「正義体系《イデオロギー》」(司馬遼太郎)からは遠い、地にひっそり根をおろした言葉たち。わたしの現在《いま》はきっと、それらのかそけき言葉たちに深いところから支えられています。

東北というフィールドに戻ることを考えはじめた、その出鼻をくじかれ、いまは東京の書斎に籠もる日々です。ここもまた静かな知のいくさ場です。

いくらか唐突ですが、楕円の思考に惹かれます。内村鑑三や花田清輝らの小さな思索のかけらに学びながら、わたしはそれを思想へと鍛えあげることを願ってきました。そこには、やわらかく、強靱な可能性が秘められています。わたし自身にとっては、東北と東京、フィールドと書斎といった、ふたつの焦点をもって、世界と対峙することです。ひとつの中心と、そこからの距離だけで描かれる円環の強さと、意外なほどの脆《もろ》さとを思いながら、融通無碍《ゆうずうむげ》にかたちすら変化《へんげ》させていく楕円のしたたかな遊動性に賭けてみたいのです。いまは、東京と書斎を静かないくさ場として、コロナ以後の世界へと想像力を跳ばしながら、思索の射程を伸ばしてゆこうとしています。震災後の三週間もまた、東京と書斎が熱くたぎるようないくさ場でありました。戦場といわずに、あえていくさ場などといってみる。じつは、みずからの知や語彙のなかに這入りこんでくる、いわば戦争の喩を顕在化させてみたいと思いはじめているのです。

藤原さんのいくつかの文章は、共感とともに読ませていただいています。まっとうな怒りを真っすぐに表明される藤原さんの姿に、大いに励まされました。東日本大震災のあとには、それが東北、とりわけ福島を舞台として起こった天災にして人災であったがゆえに、逃れがたい宿命のようにも感じて、わたしは言葉の人として渦中に立ちつづける覚悟だけは、早くに決めました。めまぐるしく状況が変化してゆくことに怖れおののき、すべての言葉に日付けのタグをつけられるならば、どんなに気が楽かと感じたことを、生々しく思いだします。いま、藤原さんはひりつくような覚悟とともに、あえて書くことを継続されていることでしょう。そんな藤原さんに繋がる思いをあらたにしています。

震災後には、今度こそ、この社会は変わるかもしれない、すこしでも変わってほしいとせつないほどに願いました。それが裏切られ、これほど真逆の方位へと転がり堕ちてゆくとは思いも寄らぬことでした。

福島では、たくさんのありえない光景を目撃しました。難民から棄民へと、見えない政治のテーマはじつに巧妙に深められ浸透していったのです。声をあげられぬ小さき人々、弱き人々がまず棄てられ、それがいつの間にか福島を覆ってゆきました。それはしかも、ローカルな問題には終わらず、やがて、この国の政治の基準線《ライン》になるにちがいない。そんな予感はときを経ずして、現実のものとなりました。

コロナという災禍のなかでは、見えない棄民政策が推し進められています。新型コロナウイルスが天災か人災かは知らず、いや、あきらかに複合的な「文明災」(梅原猛)だと思いますが、藤原さんが指摘されているように、弱き人々こそが直撃されています。この国の政治が、弱き人々への配慮どころか、社会的に強い上層の人々を露わに守ろうとする場面に次から次へと出喰わして、呆然とさせられました。すっかり震災後の福島の収められ方に馴れてしまって、麻痺しているのです。政治にここまで民への気遣いがないことを、いつまで許すのか。われわれは愚民に成り果てたわけではない。あらたな抵抗の作法を、多様なかたちで組織してゆくしかありません。そのとき、あの東北のおばあが囁いた、だれが渡って、どこに行くんだろうね、といった地の声にきちんと耳を傾けることにしましょう。

それにしても、そうした見えない政治が、水俣で時間をかけて作られたものであることに、うかつにも気づかずに来たのでした。水俣から福島へ、そしてコロナ禍にあえぐ日本へと、まちがいなく見えない政治は繋がっています。弱き者たちを棄てる、いたずらに時間をかけて疲弊させ曖昧にする、分断と対立を網の目のように張り巡らす、データを改竄し隠蔽する、被害を最小化し、被害者を不可視化する、そして、ついにだれ一人として責任だけは取らない……。なんと洗練されたマツリゴトの作法、いや手練手管であることか。巧妙に身をひそめながら、あらたな意匠をまとった優生思想が顕われる気配にも、注意を怠るわけにはいきません。ともあれ、いまは序の口、始まったばかりです。

福島という問題はローカルな場所に押し込められて、あたかも「なかったこと」のように扱われています。いわば、官民挙げての共犯幻想が組織されてきたのです。ところで、今回の新型コロナウイルスをめぐる状況は、パンデミックそれ自体がグローバリズムの所産であるために、ローカルな場所に囲い込むことはむずかしい。世界はさすがに、容赦ない冷笑を浴びせかけています。信頼していたメディアが、紙面を生活文化記事で埋め尽くして忖度だか自粛を続ける姿を、しかと見届けました。

それぞれの現場やフィールドからの思索だけが、将来に繫がってゆく糧となる。むろん、現場とはなにか、という問いそのものが変わらざるをえません。中央／地方という枠組みが軋みながら、小さな、しかしラディカルでもある変化を求められることでしょう。いずれ、東北というフィールドから、コロナ以後の社会に向けて動きだすとき、じかに地域が世界へと繫がってゆくための知の作法や生き方を創らねばならない、それは可能だ、そんな予感だけはすでに、そこにあります。

二〇二〇年五月十八日　ひらかれてゆく言葉を信じて

こぼれるということ

藤原辰史

赤坂憲雄さま

京都も梅雨に入りました。梅雨になると、夜、我が家の玄関に可愛いヤモリが登場して、玄関灯に集まってくる小さな虫をどんどん食べます。体が透き通っていて、胃袋がくっきり見えるので面白いです。

新型コロナウイルスが日本の大都市に広まり始めたころ、仙台の荒蝦夷《あらえみし》の代表土方正志《ひじかたまさし》さんに本を注文しました。赤坂さんの本をたくさん世に出されている土方さんとは以前、読売新聞の書評委員でご一緒しまして、彼の奇本を選ぶ眼力や書痴っぷりにいつも驚嘆していたのでした。土方さんの任期が切れる日に東京駅ガード下の中華料理屋で二人で飲んで盛り上がり、今度赤坂さんと往復書簡するんですよ、と言ったらその勢いで土方さんが赤坂さんに電話されて、私も少しお話しさせていただいたことを、昨日のことのように思い出します。

注文した本の中に、一昨年亡くなられた野添憲治さんの『知られざる東北の技』(二〇〇九年)という聞き書きがありました。ヒバの内皮で作るヒカワの職人、船大工、馬具職人、会津木地師《きじし》、など全然知らないような職人の言葉に引き込まれています。私は大学院生時代から野添憲治さんの大ファンです。花岡鉱山に強制連行された中国人たちの蜂起である花岡事件についての仕事は、日本近代の基本構造だと私が思っている、どろりとした民族差別と経済構造と暴力の結びつきを深く掘り下げたものですし、各地の開拓民の聞き書きである現代教養文庫版の『開拓農民の記録』(一九九六年)は座右の書で、もうボロボロになっています。さて、本を手に取ると驚きました。なんと、巻末に赤坂さんとの対談が収められているではありませんか。

この対談には、二つの批判対象があります。

ひとつは、「取材」という態度。取材は時間が限られていて、取材を受ける側の人間的なものが出ないまま、終わってしまう。赤坂さんは「目的とすることを聞きたくても、なかなか話してくれない。二時間のうち一時間五〇分は世間話で、重要な話は最後の一〇分」と言い、また、ある村であるおばあちゃんに出会って、訪ねて行ったら「愚痴ばっかり一時間」喋られ辟易したあと、別のところで聞き書きをしているうちに、この愚痴がこの村の「社会構造」をあらわしていたことに気づく、というところです。

反省しました。一時間五十分を無駄と感じるようになってきているではないか。それから、愚痴という言葉は、変な動詞とコンビを組んでいることに気づき、はっとしました。こぼれる。この動詞に最近心奪われています。涙がこぼれる。笑顔がこぼれる。なら、言葉がこぼれる、もいいかも、と。この自然発生的でオーバーフローな感じを無駄だと思うようになると、たぶん、聞き書きも歴史叙述もつまらないものになってしまう。

なるほど、どうりで私は取材されるとき、時間が長くなるんだと思いました。私は取材を受けるときいつも相手への質問をしてしまう癖があります。場合によっては一時間くらい。「つい自分のことを喋ってしまいました」と相手は謝られるのですが、私にとってはとてもありがたいこと。やっと何か言葉を受け止める器ができたような気がするのです。

もうひとつ、おふたりが批判する対象は歴史学者です。穴があったら入りたいと思いつつ読んでいましたが、野添さんが、花岡事件が起こった日として中国人から聞き取った六月三十日という日付を学者が裁判記録をもとに勝手に七月一日に変えてしまった事件を念頭に、赤坂さんは「新聞記事であったり官庁記録であったり、文献資料としてきちんと残っているものが一級史料なんだという思い込みがいまだに溶けずにいるんでしょう」と痛烈に批判しています。

一方でこの批判はそのまま歴史学の可能性にもつながる。野添さんも言っておられますし、赤坂さんとのやりとりの中で感じていますが、史料を読むことは、結局は死者が語りこぼしたものや、語りきれなかったものを、もろとも聞き拾うことであり、だからこそ、読み手の人生もかかっている。そのような態度で史料に向かわないと、ＡＩの書く歴史学に持っていかれるのではないか、いや、歴史学はだんだんと情報処理に変化しつつあるのではないか、と思うのです。逆にいえば、ＡＩには聞き書きができない。なぜなら、ＡＩにとって赤坂さんのいう一時間五十分はデータではなく、愚痴もエビデンスではないから。

赤坂さんにとっては自明のことをくどくどと書いてしまってすみません。けれども、ここまでを整理しないかぎり、「なかったことにする」という谷中村、水俣、阿賀野川、神通川、福島などで遺憾なく発揮された政府の構造的卑しさを、ラディカルな言葉で崩していくことができない。赤坂さんが前便でお書きになった楕円的な「知の技法」に肉薄できないと考えたからです。

私なりに、楕円の二つの中心を考えてみました。「おばあちゃんがこぼすもの」と「私が書くもの」とするのではなく、「おばあちゃんがこぼすもの」と「私がこぼすもの」とする。こぼれ落ちる言葉は、何か動かしづらいものに対する不可能性の表現形式です。目的を設定した瞬間に聞き書きは「私の文章」に回収されますが、目的を外した瞬間に、語り手の堰《せき》が崩れ、回収者の屑籠も破れて、こぼれて、漏れて、落ちる、そこからやっと何かが始まる、という感じでしょうか。

あるネット中継の鼎談《ていだん》で私がつい強い言葉である政治家を批判したとき「感情的になってすみません」と言ったのですが、「たまに感情的になってもらうとほっとします」と後で鼎談相手の絵本屋の主人に返されました。実は私は「感情を隠して理性を行使する職業」として人と向き合い過ぎてきたのではないか。感情を冷却して理性を行使する職業であることを、いったん冷却して向き合わなければ、何も引き出せないし、楕円が歪んでしまう、と感じたのでした。そして、ギンギンに冷えた理性を脳味噌の奥にある冷蔵庫から取り出すのは、おそらくそのあと、楕円を描くときではないか。

いつの時代も、「なかったことにする」権力は、「まあまあ、そこまでアツくならなくても」という超越者のポーズを持ち出し、「抗い」を「暴動」に、「抵抗者」を「暴徒」に塗り替え、それを鎮圧していきます。カロリン・エムケが『憎しみに抗って』で述べているように、差別は、差別する側が毎日「憎しみ」を保つエネルギーを持ち得ないので構造化されていく。ちょうど、親衛隊隊長のハインリヒ・ヒムラーが、銃殺によるユダヤ人の殺戮を見て気持ち悪くなったことがひとつのきっかけとなって、最終的に殺戮手段を殺している場面が目に見えないガス殺に変えていったように、「構造」を打ち破るには、感情と理性の止揚《しよう》なんて生やさしいものでは通じなくて、こぼれ落ちる何かとこぼれ落ちる何かの止揚でしか、ありえない、その止揚の段階になってはじめて、ギンギンに冷えた理性が自然とこぼれてくる、なんてイメージを抱き始めています。でも、私の理性は冷えが甘くて、なかなか「愚痴」を隠せないのですが。

二〇二〇年六月十四日　野添憲治さんのご冥福をお祈りしつつ

原発とキツネが対峙するとき

赤坂憲雄

藤原辰史さま

どこに棲みついているのか、わが家の玄関にも、小さなヤモリがときおり姿を現わします。このあいだは、ベランダの水溜まりに、窓ガラスにぶつかったのか、スズメほどの大きさの野鳥がうずくまっていました。図鑑で調べると、コゲラに似ています。玄関わきのススキの蔭に置いてやると、一時間もせずに息を吹き返し、姿を消していました。玄関あたりで、獣の糞を見かけることがあり、ハクビシンかもしれないと想像しています。近所で何度か見かけたタヌキは、棲み処を追われたらしく、アスファルトの路上で死んでいました。思いがけず、武蔵野の一隅にも野生が回帰しつつあります。人間たちのゆるやかな撤退こそがもたらしている風景の一端でしょうか。

野添憲治さんのお名前を見つけて、嬉しくなりました。またひとつ、藤原さんとの接点が見つかりましたね。『別冊東北学』を編集していたころには、くりかえし誌面に登場していただきました。たいせつな東北学の先駆者であり、まさしく野人のように豪快な人でありました。藤原さんが触れておられる対談は、深く記憶に残っています。わたしのような中途半端な聞き書きの初心者からすれば、ほとんど雲のうえの人であり、ひたすら教えを乞うた対談でした。ただ、東日本大震災のあとには、福島にかかわる野添さんの発言に疑問をいだき、疎遠にならざるを得なかったのです。残念なことでした。聞き書きという方法は学問的ではない、といまだに低く見られがちですが、野添さんの聞き書きはきわめて厳しい、ときには命懸けの、覚悟の仕事でした。

たしかに、こぼれ落ちる言葉にはそそられるものがあります。隠された真実のかけらがむき出しになるような……。たとえば、前の書簡で、石巻の長面浦《ながつらうら》出身の女性が巨大な橋について洩らした言葉に触れました。だれが渡って、どこに行くんだろうね、という囁くような声。じつはそれは、その人の口からこぼれた言葉をすこし離れたところで、たまたま耳にしたものであり、聞き書きのなかで受け取ったわけではありません。牡蠣飯を頬張る耳元に、転がり込んできた言葉でした。前後の脈絡もなしに、わたしはそれを、青い巨大な橋にさし向けられた言葉だと了解したのです。もし、インタヴューのような形でその方に質問したとして、同じような言葉が返ってきたでしょうか。それはあきらかに、何気ない会話のなかでこぼれ落ちた言葉でした。

語り手の顔も名前もさだかではない、そんな曖昧模糊とした言葉がいったい、なにかの証言たりうるのか。まるで、言霊《ことだま》さきわう八十のチマタの橋のうえで耳にした言葉のかけらを手がかりに、想い人の心の内や、亡き人の消息を探るようなものですね。橋占か辻占のたぐい、とうてい学問とはいえません。しかし、否定しようもないことですが、あの人はテレビ局のマイクを突きつけられたり、大学の先生が録音機材を回しながら質問したり……といった状況のもとでは、もっと行儀のいいセリフを語っていたはずです。あんな呟きの言葉は放送事故でもなければ、お茶の間にこぼれ落ちることはありません。

こぼれること、または、なにかの決壊に立ち会うこと。聞き書きのなかで、そんな決壊の瞬間にぶつかったことが、何度かありました。幾度となく触れていますが、俺は河童を見たことがある、と思いつめたように語ってくれた女性がいました。七十代にさしかかる年齢でしたか。薪ストーブを囲んでいただれもが、凍りついたように息を呑みました。

あるいは、山形と秋田の県境の山村で、聞き書きを重ねていたときのことです。熊狩りの話に耳を傾けていました。ふと気がつくと、老人の眼が赤く濡れて、唇が震えていました。やがて決壊しました。ムラの奴らが俺のことを、エタ扱いしやがって、役場の奴らだって、馬鹿にしやがって、これは絶対に書くな……。あまりに突然のことに、わたしはノートを閉じて、怒りに身悶えするその人を見つめていることしかできなかったのです。どうやら狩猟をなりわいとしてきたその人は、殺生のゆえに差別されてきた、と訴えていたのでした。そこに「エタ」という言葉が挟まれていたことを、忘れるわけにはいきません。

あるいは、岩手県の北のほうのムラで炭焼きの聞き書きをしていたとき、箕作《みつく》りについての話になりました。そのとき、老人は、あの病気のムラのことか、と穏やかに言ったのです。言葉を失って、それ以上尋ねることができなかったことを、いまになって思いだします。

不意にこぼれ落ちた言葉でした。わたし自身の民俗誌のなかには、それらの言葉は痕跡を留めていません。わたしはずっと、東北の差別やケガレについて聞き書きを重ねながら、思いを巡らしてきました。それらは整合性をもって、東北の民俗誌のなかに摂りこむことがむずかしい情報でした。なす術もなく、回避をはかりやり過ごしたのです。わたしはほんとうに、情けなくも半端な、民俗学者モドキでしかなかったのです。

東日本大震災のあとに、会津の不思議な話を集めよう、というなんとも場違いなプロジェクトを起ちあげました。会津学研究会という学びの庭から、『会津学』という地域誌が生まれたのは、震災の六年前のことでしたか。そこに掲載された「キツネに化かされた話」がきっかけとなり、その奇妙なプロジェクトは始まったのです。なにかたいせつなものがこぼれ落ちるかもしれないという、まるで根拠のない予感だけはありました。

あの東京電力福島第一原発の惨状を前にして、キツネに化かされた話ではあんまりだ、と感じました。それにもかかわらず、わたしたちはそれに賭けたのです。汚れた野生の王国が広がってゆくなかで、原発とキツネがひっそりと対峙しあう光景を掘り起こしてみたかったのかもしれません。たんなる奇想には終わらない、という妙な確信はありました。福島のそこかしこに転がっている「現在の事実」(『遠野物語』序文)こそが、そこに奇妙なリアリティを付与しているはずだ、そう、いわれもなく信じたのです。

それは何年かのちに、『会津物語』として刊行されました。贈り物のように、どこからかこぼれ落ちてきた不思議な話はみな、だれか固有名詞を帯びた人物が、いつ、どこで体験した出来事なのか、それがあきらかな事実譚ばかりでした。キツネに化かされたのではなく、馬鹿にされたと語る人々が体験した「目前の出来事」(同上)の集積だったのです。百年後の『遠野物語』をめざすことが、わたし自身の野心でもありました。

それにしても、また、「自宅への流刑」へと逆戻りしそうな気配が色濃くなっていますね。新型コロナウイルスがペストのように、われわれの「未来も、移動も、議論も封じてしまう」災厄となるのか。この「別離と追放の感情」は、どれほどに深刻なものなのか。どのように「伝統的な結合」は破壊されたのか。それは「恋愛と、さらに友情の能力」さえも奪ってしまうのか。わからないことばかりです。カミュの『ペスト』によって呼び覚まされた問いのいくつかを、ただ書き留めておきます。

二〇二〇年七月十六日　会津のキツネたちとの友情のため

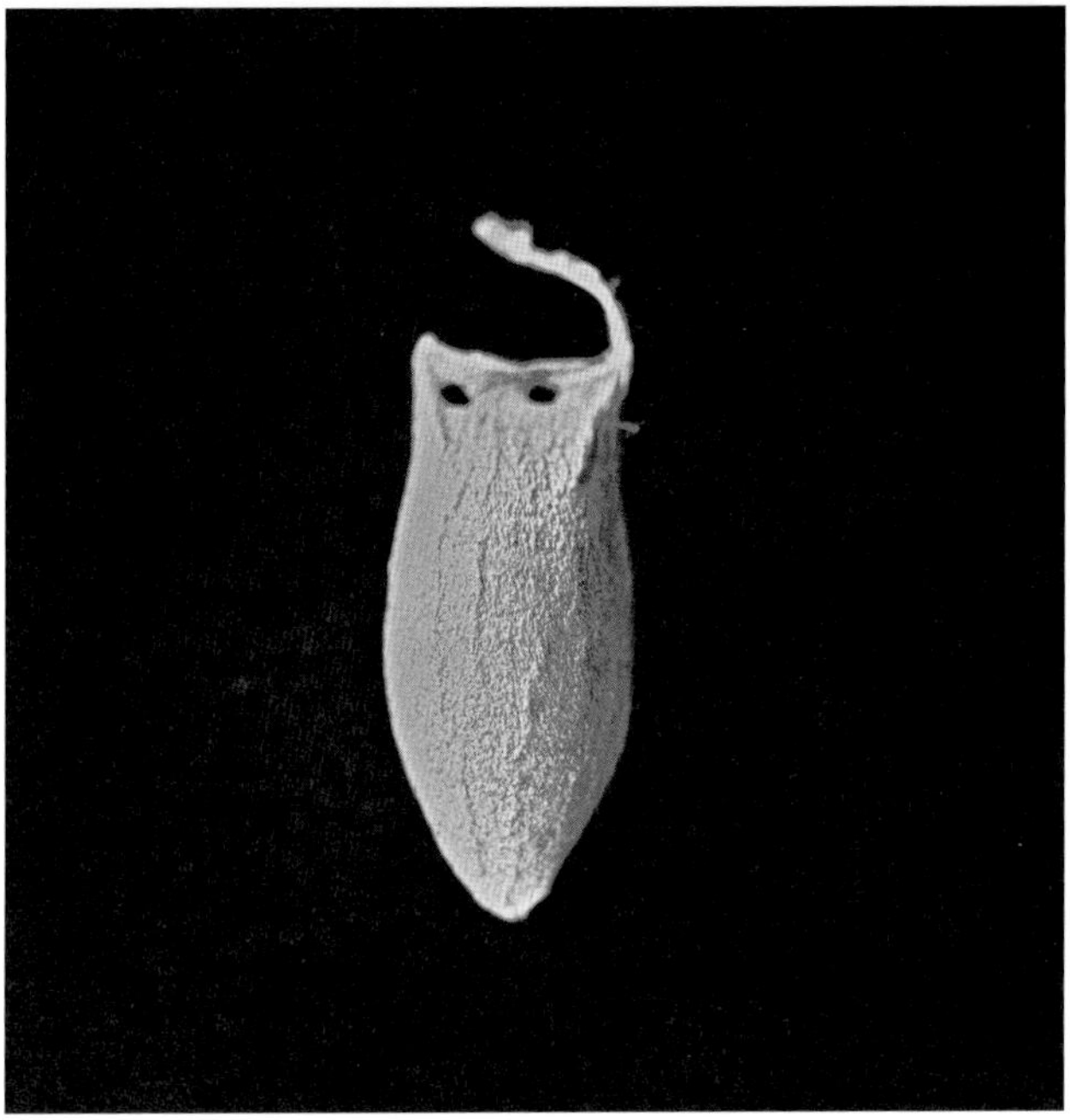

もののけのたぐい

藤原辰史

赤坂憲雄さま

さては、赤坂さん、人間の社会に潜入し、妖怪千年王国の復活の狼煙《のろし》をあげるための準備に忙しい、武蔵野に棲むもののけのたぐい。前からおかしいな、とは思っていました。どうも言葉がこの世のものとは思えないほどひやっとするときがあり。クラゲのように感じたあの存在感は、きっとそうだったからなのですね——と、書き始めたくなる衝動に駆られながら、熱帯夜の京都でお手紙を読んでいます。

さて、お便りを読みながら、もののけたちが登場するマンガやアニメを思い出していました。映画館も、コンサートホールも、大きな図書館も本屋もない私の貧相な青春では、テレビだけが教養の窓口でした。ですから、自分の世界観の少なからぬ部分がマンガやアニメによって形成されてきました。それらの影響についてあまり分析したことがありません。「お里が知れる」と言いますか、気恥ずかしいところがあるのかもしれません。

昨年赤坂さんの『ナウシカ考』を読んで、そのためにマンガ版『風の谷のナウシカ』も読破したいま、もう少し自分に素直になろうかと思い直し始めています。かつての日本の知識人にとってマルクス、ヴェーバー、ドストエフスキーがそうであるように、『風の谷のナウシカ』『天空の城ラピュタ』『となりのトトロ』『もののけ姫』『千と千尋の神隠し』など、スタジオジブリの一連の作品は、私にとっての「教養」でした。巨大な蟲《むし》、花を摘むロボット、フカフカのモンスター、たたり神、龍神など、もののけのたぐいを観察する中で考えたことが、私の書いたあらゆる文の各所に潜んでいることは間違いありません。

コロナの時代にジブリ作品の映画が非常に観られているのも、私にはよくわかります。

スタジオジブリだけではありません。『ゲゲゲの鬼太郎』から『妖怪ウォッチ』を経て『鬼滅の刃』まで、私の子どもが夢中になった作品で地獄や鬼や妖怪が放つ危うい魅力は、生きていくのがやっとのこの辛い世の中をいったんリセットしてくれ、という、子どもたちが持つ隠れた欲望と共振していると思います。どれも、妖怪や鬼に気持ちを寄せられる回路があるのは、もののけが生まれる背景に、森林破壊、田畑の宅地化、学校でのいじめ、受験の重圧、病気や障害、抑えようのない嫉妬、極貧による社会からの放逐など、子どもたちが目にしながら大人が逃げようとする無数の現実があるからでしょう。

とくに『もののけ姫』は繰り返し観ても毎回発見のあるアニメです。『ナウシカ考』では赤坂さんが『もののけ姫』にも言及していましたが、網野史観や東北考、そして民話論を総合した「アシタカ考」をお書きになる日が待ち遠しいです。

自分にとって『もののけ姫』の世界は、あまりにも近しい存在です。故郷の奥出雲は、八幡製鉄所など洋鉄の技術が日本を席捲するまで、たたら製鉄で栄えた地域で、いまもなお、そのたたら場や作刀所が残っています。実家のある字《あざ》は、砂鉄を採るために山を切り崩し、それを川に流して(鉄穴流《かんな》し)、開発された地帯です。地味の悪い土地を、中国山地各地で飼育されていた牛の糞を用いて地力を回復し、田んぼにしました。

たたら製鉄のために木が伐採された山の多くはすでに回復しており、かつてここが日本有数の先進工業地帯だった面影はほとんどないのですが、いまは資料館になっている絲原《いとはら》家、田部《たなべ》家、櫻井家などの鉄師の家にいくと、その豪華絢爛な構えに驚くほどですし、奥出雲の人びとが住んでいる水田風景のところどころに、墓がある丘が切り崩されずに残っている鉄穴残丘《かんなざんきゅう》があります。

そして、もののけの世界と同様に、このあたりもなんだか怪しいものたちの気配を感じずにはいられません。

「俺は河童を見たことがある」と思いつめた表情で赤坂さんに話をした女性。お便りのこの一節を読んで、ある同級生の顔を思い浮かべました。私は、高校のとき、毎朝Dくんと彼の家の近くで合流して田んぼのあいだの狭い道路を通学していました。合流地点の近くに天満宮があるのですが、ある朝、挨拶をかわすなり、そこで不思議な光を放つ飛行物体とその乗組員にさらわれた話を、Dくんが私にしてくれたときがありました。Dくんは、いつも沈着冷静で優しく、周囲を笑わせる天才でした。そんな彼が、いままであまり見たことがない真面目な顔で、昨晩自宅近くにやってきた飛行物体にさらわれて、首のあたりに変な物体を手術で挿入された、というのです。私はその緻密な描写に驚きながら、話を聞きました。実は、この天満宮の成り立ち自体も不気味です。空中に強烈な光を放つ何かが浮遊していたので、それに神々しさを感じた人たちが建立したと言い伝えられています。

ちなみに、私の母は、死ぬまで未知の飛行物体の存在を信じていて、黄昏《たそがれ》どきになると、山の稜線のあたりを眺めて、ちょっと変わった光があると「ちょっと、あんたたち、あそこの光が左に行ったり右に行ったりしている」と子どもたちを呼び出す人でしたし、この天満宮が持つ不思議な力を感じたときわざわざ電話をくれるほどです。こんな母親を持つ私には、この手の話は日常でした。

高校での受験勉強や大学での勉強や研究ですっかり科学的人間に成り果てた私は、しかしながらいま、この天満宮の飛行物体とたたらの和鉄の文化は、どこかで関係しているのではないかと夢想を楽しみ始めています。なぜなら、たたらの製法から強靱な鋼が生まれる過程が、いまだに科学的に証明されていないからです。鋼がドロドロと本床《ほんどこ》から出てくるとき、眩い光が放たれるのですが、もしかしたら朝鮮半島からやってきた祖先を持つその担い手たちは、その光には不思議な力が、夜空を走る流星から山里の梅雨を燃やす蛍まで、すべからく宿っていると思ったのでは、と考えるようになりました。

『もののけ姫』のたたら場は、森林と神々を破壊しながら、社会からこぼれ落ちた女たちや、癩《らい》病の人びとを集めたコミューンを形成していました。田畑はなく、他所から食物を買っている社会ですので、都市国家的ですよね。この映画のメイキングの映像を見ると、たたら場の権力者であるエボシを、宮崎駿さんが、覚悟の決まった近代人として魂を吹き込もうとしている姿が伝わってきます。農業史や環境史は、あのあとエボシが築き上げる村の苦悩の歴史そのものです。そして、この苦悩と、どうしても、天満宮の怪しげな光が重ならずにはいられません。地球の中に存在する金属の中で最も総重量の重い成分は鉄であり、鉄の技術を高めた文明が戦争を勝利に導き、高度な文明を築いてきましたが、それだけもののけのたぐいや怪しい飛行物体と遭遇する確率が高かったのかもしれません。

それにしても、赤坂さんと言葉を交わしていると、方位磁針がいつも狂いだすのはなぜでしょうか。ひょっとして私は、キツネに化かされて、いつの間にか、現行文明に引導を渡す提灯《ちょうちん》行列を、赤坂さんと共に歩いているのかもしれません。

二〇二〇年八月十五日　戦後七十五年の節目の日に

それはだれのものか、と問う声がする

赤坂憲雄

藤原辰史さま

なんと、「アシタカ考」を書けと言われるのですね。じつは、『ナウシカ考』を書き終えてから、すぐにでも宮崎駿さんのアニメについて論じるつもりでいたのです。大学の講義でも取りあげて準備を進めていました。ところが、あるとき、心が折れていることに気づいたのです。書けない、いや、もっと正直に言っておけば、書きたくないという虚脱感にも似た感覚に浸されていました。こうなると、もう手に負えません。しばらく離れることにしました。でも、諦めたわけではなく、いま見えている世界の向こう側に突き抜けることができそうだと感じたときには、あらためて挑戦したくなるかもしれません。

みずからの世界観のすくなからぬ部分がマンガやアニメによって形成されてきた、そう、藤原さんが書かれていることに、衝撃を受けています。世代的にいえば、一九五三年生まれのわたしはきっと、そこまでの影響をマンガやアニメから受けてはいない気がします。むろん、戦前生まれの、マンガの読み方そのものがわからない世代の方たちとは違いますが、すくなくとも手塚治虫や『鉄腕アトム』から世界観の手ほどきを受けてはいません。

わたしはたぶん、大学で教えるようになってから、若い人たちに奨められたマンガを読んだりアニメを観たりして、その魅力や可能性に眼を開かされたのです。わたしはしかし、それをサブカルチャーとして読むことはなく、はじめから宮沢賢治やドストエフスキーや柳田国男やバタイユなどと変わらぬ、それらと等価のテクストとして読んできたような気がします。わたしはサブカルの作法などからは、まったく切れているのです。

それにしても、『もののけ姫』という作品は、藤原さんまで夢中にさせる魅力があるんですね。そもそも『もののけ姫』の舞台がほかならぬ、藤原さんの故郷であることにも、くすぐったいような歓びを覚えています。すこしだけ、『もののけ姫』に触れてみたくなりました。

二年ほど前の秋に北京師範大学で、ジブリ映画をテーマに集中講義をしたことがありました。そのとき、聴講してくれた中国人の研究者から、あのタタラ場には子どもの姿が見られないが、それをどう考えるか、と問われたことが思いだされます。意表を突く問いかけでした。そこにいる女たちは、エボシ御前《ごぜん》によって買い取られ、救いだされた遊女たちです。男らは牛飼いやハンセン病者など、すくなからず中世には差別を蒙《こうむ》る人々でした。宮崎さんの描いたタタラ場は、いわば差別される人々が逃れ入るアジールであり、ユートピア的な場所でもあったわけです。ところが、そこでは夫婦になった人々に、子どもを産み育てることが禁じられているのですね。遊女として春をひさいで来た女たちには、産む性として生きることが許されていない、ということでしょうか。産む性としては壊れている、といった酷《むご》たらしい状況を想像すべきなのかもしれません。いずれであれ、タタラ場という桃源郷はいのちの再生産への階梯《かいてい》を奪われていたのです。一代かぎりのユートピアは、どこか残酷な逆説を抱いています。

それが、宮崎監督自身のいかなる意図に拠るものかはわかりませんが、わたしは映画であれなんであれ、作品の底に沈められた無意識を読むことには深い関心があります。作品というものが、作者のあきらかな意識によってまったく統御されているとは思えないのです。とはいえ、作品の無意識について思いを巡らすことは、いわゆる「深読みをする」とか「裏を読む」といったこととは微妙に、しかも大きく隔たった知のいとなみですね。

いずれ、機会をあらためて、藤原さんと宮崎駿監督のアニメ映画について、とりわけ『もののけ姫』について語りあいたいものです。そのときには、「東と北のあいだ」のムラの出身であり、数百年前にヤマト王権によって滅ぼされた蝦夷の末裔であるアシタカについて、手探りにお話ししましょう。そのムラは石垣に囲まれ、鹿の角をつけたトーテム状の柱がそびえ、ムラの入り口には鳥らしきものを載せた木の門、つまり鳥居が立っていました。アシタカの持参していた朱塗りの椀についても、気がかりなのです。妙にヤマトの匂いがするのは、なぜでしょうか。それから、タタラ場のまわりには禿げ山がありました。

この禿げ山のフォークロアについても、藤原さんのお考えに触れてみたい気がします。ひそかに、藤原さんがはまりそうなテーマだと感じてきましたから。

ところで、『もののけ姫』というアニメ映画が、網野善彦さんの歴史観の影のもとに作られたことに思いを寄せずにはいられません。そこにはきっと、宮崎監督が意識されている以上に、深い共振れのようなものが見え隠れしています。それはしかも、時代の移ろいのなかで、さらに深いところでの無意識の位相における共振れを起こしている、そんな気配すら感じられるのです。それは確実に、東日本大震災以後の、わたしたちの生きる現場へと繫がっています。

とても唐突ですが、最近、わたしは『河北新報』で五月から続けている「災禍の果てに」という連載のなかで、「無主物」について触れています。当然ながら、網野さんの無主・無縁論を下敷きにしているのですが、紙数的にむずかしく、底のほうに沈めました。震災の年に、東京電力福島第一原発が撒き散らした放射性物質はだれのものかを問いかける、小さな裁判がおこなわれました。そのなかで、東電側が主張し、裁判官もあいまいに認めた奇妙な論理らしきものがありました。つまり、放射性物質は本来的に「無主物」

であり、それはいまゴルフ場に付合(付着を意味する法律用語のようですが……)しているから、その所有権はゴルフ場にあり、東電の所有物ではなく、したがって東電には除染の責任はない、という論理立てでした。それが公然と認められたことが、その後の福島の状況にいかなる影を落としているのか、ただ思いやることができるだけです。

根拠はどうやら、民法二三九条の「無主物先占」という規定のようですが、詳しくはわかりません。とにかく、わたしの眼は「無主物」という言葉に釘付けになりました。なにしろ、それはいま、わたしを捉えているもっとも重要なテーマのひとつなのです。こんなときは、きまって、野辺歩きの季節に出会った知恵深き人々のもとへと還っていきます。こんな言葉が、乱雑な記憶の玉手箱の隅っこに転がっていました。茸《きのこ》採りをなりわいとする老人でした。かれはたしかに、「山の物は、最初に見つけた奴のものだからな」と言ったのです。まさしくそれこそが、民法の「無主物先占」の規定を支える、法制度以前を刻印された民俗慣行だったのかもしれない、と想像しています。

かつて聞き書きの旅のなかで出会った言葉たちに、思いを揺らすことが多くなりました。訪ねたムラで偶然に出会った、多くは七十代、八十代の方たちの呟きの言葉が思いだされるのです。まるで無償の贈与のようなものでした。この時代には、あまりに言葉が傷つき、行き場もなく足掻いています。わたしの耳には、あの「無主物」という言葉が息も絶え絶えに洩らすうめき声が聴こえてきます。

二〇二〇年九月十七日　終わりに言葉ありき、とか

次の世代、子孫のために

藤原辰史

赤坂憲雄さま

このお便りがいよいよ最後になります。

振り返りますと、私たちの往復書簡には、いろいろな暗い事件が影を落としていますね。

新型コロナウイルスの感染拡大は往復書簡のど真ん中に訪れました。検事長定年延長問題、水害や台風の強襲、それより以前からずっとこの日本列島を覆っている、森林破壊、気候変動、原発事故、子どもの貧困。

そして、今回も例外ではありませんでした。日本学術会議の新規会員六名を首相が任命拒否しました。学問と思想に対する菅首相の挑戦が往復書簡の最終局面を飾ることに、何かの運命を感じずにはいられません。

正直に申しますと、少なくとも最初、私は身体的な恐怖を覚えました。ナチスの焚書や反政府学者の逮捕と収容所への収監、反ルカシェンコの大学生や大学教員の逮捕。これを思い浮かべることは考えすぎでしょうか。首相の狙い通り、私はノイローゼに陥っているかもしれません。ネットニュースはいつもスポーツ新聞の記事が掲載され、同じ人間の同じような言葉を用いた人文学者への誹謗中傷が、何度も用いられました。新聞記事で菅首相を批判したら、ネット市民からたくさんの言葉が投げかけられました。役に立たない、いつも批判ばかり、何も生み出していない、謙虚になれ。

私は仲間たちと、共謀罪も特定秘密保護法も安保法制も大学の軍事研究もすべて反対しました。その代わりに、国家と企業の監視が弱く、政治議論がオープンにされ、政治文書がきちんと残され、異議申し立てをする権利が守られ、百億円のF-35をアメリカから百機購入するよりも人間一人一人の安全保障を重視する社会、そして、アイディアが湧き出る自治的な大学の姿を訴えてきました。しかし、こうした意見の表明は「批判ばかりして何も有用なものを生み出していない」「こんな教員のいる大学に子どもをやりたくない」という言葉で非難されてきました。

ぐっすり眠れるようになる日はいつ来るのでしょうか。そこまで繊細な人間ではないはずですが、当分は無理かもしれません。

今回の学問弾圧は滝川事件やナチスの焚書など、戦前の言論弾圧と似ていますが、本質は、経済至上主義が人間の内面の統治に乗り出したとみるウェンディ・ブラウンの『いかにして民主主義は失われていくのか』(中井亜佐子訳、みすず書房、二〇一七年)が述べているとおりだと思います。「新自由主義が古典的な経済自由主義と異なる一つの点は、あらゆる領域が市場となり、わたしたちはあらゆる場所で市場の行為者であるとみなされること」(三三頁)。経済をすべての価値の中心に据える「ホモ・エコノミクス」による、「ホモ・ポリティクス」の弾圧。

世論は、日本学術会議は行政改革の対象であり、政府の方針にあらがう学者たちへの非難へと移行しました。なんて世の中だ、という赤木俊夫さんの遺書の言葉を何度も心で反芻しました。

そんな中で、赤坂さんの手紙は、まるで未来から届いた手紙のように、今回の問題の急所をあらかじめ言い当てていましたね。ゴルフ場に付着した放射性物質は東電の所有物ではない、「無主物」である、と。そんな判決をめぐって書かれた赤坂さんの新聞記事を拝読して、唖然としました。ただでさえ、ボロボロになった言葉がさらに踏みつけられている。赤坂さんは、民法二三九条「無主物先占」とは本来、きのこや鳥獣をはじめとした山の幸、そして田畑の肥やしや薪炭の採集場所である山のようなものを対象としていたのだが、それが、東電が責任を逃れるために使用されていると、訴えました。

私たちの共有物である言葉も自然もどんどんと私物に変わっていく。そんな中で、どれほど「たしからしさ」を探り、どれほど「たよりがい」を探って、見つけても、すぐに虚しくなる気持ちは、どうしようもありません。

ただ、最後くらいは赤坂さんに、若干の虚勢も入っていますが、前向きな姿をお見せしたいと思います。眠りは浅くとも、私はどうやら元気なようです。鬱々とした気分も誹謗も中傷も解毒する力が近年格段に上がりました。それらも飼い慣らせれば、研究のさまたげにはなりません。誹謗だろうが中傷だろうが自分に向かってくる言葉は、自分の硬直した言葉をもみほぐし、鍛えるのに役に立ちます。気がつけば、今月は、週に四、五回のペースで誰か多数の方にむけて語っています。政府にとっては「批判分子」、ネット市民にとっては「役立たず」の、しかも、たかが「おしゃべり」に、どうして熱心に耳を傾けてくれるのでしょうか。病気を治せるわけでも、経済成長に資することもできないのに。

先駆者も仲間もたくさんいるから、解毒力は増します。ベンヤミンもアレクシエーヴィチも、そして今私がハマっている初期社会主義者の堺利彦も図書館や本屋に並んでいます。自分の生きている世界にあらがった人物の本が排除された図書館は、もはや図書館ではありません。歴史が勇気づけます。この往復書簡もピンチに立ったときの心の拠り所になりました。

それに、政府の「強権さ」よりも「卑怯さ」が目立ったことが、今回の特徴でした。あなたたちの批判が邪魔なので任命しない、と言えない。言うことを聞かない学者は必要ない、と言えない。逃げ回るだけ。名簿を見ていないのに、名簿に記載された人物が「総合的、俯瞰的な活動を確保」できないと考えて任命拒否を判断できる首相は、超能力者でなければ、虚言を吐いたことになります。

往復書簡の最初の問いに戻りましょう。それでもなお言葉の力を信じるのか。言葉の死骸のただ中にあっても、まだ言葉を発することに何かの意味があるのか。

私がいまもなおその問いに対して肯定する理由は、言葉を信じる若い人たちがいるからです。十月十四日、大阪のある高校にお願いされて、二年生向けに「勉強のすすめ」というタイトルで話をしました。オンラインです。体育館に集まった高校生にいくつか質問を投げかけ、答えを書いてもらい、発表したい人にマイクの前に来てもらって発表してもらいました。九人が勉強の意味を自分の言葉で、ときには笑いを交えながら答えてくれました。「二次関数や文学は、現実の仕事に役立ちそうにないように見える。勉強はどんな場面で効くのか？」という問いには「感性」を身につけるために、「世界の見方」を養うために、「美しいこと」を知るために、という答えが返ってきました。学問の状況が状況だけに、こみあげるものをこらえつづけました。「いつか死ぬことがわかっている。では、勉強は何のためにやるのか？」という問いも投げかけました。これが最終の質問です。ほかならぬ私も、この問いに答えを持ち合わせていない、とみんなに伝えました。しかし、ある高校生は、こう私に答えました。

「次の世代、子孫のために」。

このような若い人たちにとって、学問の場所が楽しい場所になるためにも、私はこの期に及んでもなお、言葉をひとつひとつ、紡ぎつづけたいと思っています。

二〇二〇年十月十六日　銀杏が落ち始めた吉田キャンパスにて

撤退の時代だから、そこに駒を置く

赤坂憲雄

藤原辰史さま

早いものですね。わたしから藤原さんへの、これが最後の返信であり、往復書簡の締めということになります。その間に、福島県立博物館の館長職を解かれて、野(や／の)に下ったことは、すでにお伝えしてあります。わたしにとっては、コロナ禍のもとで迎えた大きな転換点といえるものです。しかし、福島を離れずに、喜多方を拠点に奥会津で東北学の最終ステージを構築しようと決めたことで、予想をはるかに超えて、風景そのものが一変しました。言葉への見えない枷《かせ》がいくらかはずれました。たとえ非常勤職の、まったくの端っこではあれ、官に仕える身がなんとも窮屈であったことが、いまになって実感されるのです。

たしかに、この間、次から次へと不愉快なできごとが国政レヴェルで生起してきました。その根底にあるものは経済至上主義であり、それが「人間の内面の統治」に乗りだしていると考えると、とても素直に了解されます。ところで、いまになって思うのです。既視感とでも言えばいいのか、それらがどれもこれも、国家のレヴェルで事件として顕在化する以前に、わたしはローカルな現場で、その雛型のごとき事件を見えにくくはあれ体験していたような気がするのです。震災以後の福島では、思いがけぬかたちで、経済至上主義によって人間の内面が分断・統治される場面にくりかえし遭遇してきた、ということです。

福島は、そこに暮らす人々は、この十年のあいだ、経済至上主義がもたらす暴力と災厄に不断にさらされ、翻弄されてきました。人間としての内なるモラルをひき裂かれ、巧妙に分断・統治が張り巡らされた最前線に生きることを強いられてきたのです。その、いかにも植民地的な荒々しい経済＝政治学が、いずれ福島の外に暮らす人々をも侵蝕してゆくことは、たやすく予感されていたことでしょう。だから、あいちトリエンナーレで顕在化した芸術・文化への国家権力によるむきだしの干渉を前にして、その前年に福島で起こっていた「サン・チャイルド撤去問題」を想起せざるを得ませんでした。既視感に見舞われました。あれは予行演習だったのですね。

福島を他人事のように見捨てることを選んだ、ある帰結が、そこに転がっているなどといえば、挑発的に過ぎますか。たしかに、福島では原発の爆発事故が途方もないモラル・ハザードを惹き起こしたのです。それは巨大な傷と裂け目を日本社会にもたらしました。そこに、厳粛な分岐点が隠されていたのです。関東大震災（一九二三）というカタストロフィーを起点にして、治安維持法（一九二五）、世界恐慌（一九二九）、二・二六事件（一九三六）、日中戦争（一九三七）、幻の東京五輪（一九四〇）、太平洋戦争の敗戦（一九四五）へと深まっていった歴史を振り返れば、東日本大震災以後のできごとのいくつかが偶然とは思われぬリアルな映像となって甦ります。学術会議の問題など、戦前のような思想や学問への弾圧を連想させますが、しかも、それが強固なイデオロギー的基盤をほとんど感じさせないところに、間抜けなまでに「日本的な」精神のありようを見いださずにはいられません。

現実がじつに巧妙に隠蔽されています。それをむきだしにさらす批判的な知や学問が、とりわけ人文知が狙い撃ちにされているのは、むろん偶然ではないでしょう。しかし、赤裸々に言っておけば、その人文知そのものが衰弱しつつあるのではないか、という印象を拭うことができません。萎縮しているのはマス・メディアばかりではないのです。気がついてみれば、わたしたちの知や学問はなんだか痩せこけて、小粒になったような気がします。現実はいよいよ肥大化して、複雑怪奇さを増幅させ、まったく手に負えない代物と化していますが、それと拮抗するための方法や戦略などはほとんど姿かたちもなく、気配すらもありません。知性を忌避する国家権力が攻撃の矛先を差し向けているのが、たんに政権への批判や反対表明にすぎないことは、なにを意味しているのでしょうか。少なくとも、そこに胚胎されている思想や哲学にたいして、怖れが抱かれているようには見えません。わたしがいま奇妙にそそられている一九六〇年代の学問や思想が持っていた、たとえば現実への衝迫力といったものは、もはやほとんど失われているのかもしれません。

幾重にも、撤退の時代ですね。わたしはいま、あらためて地域主義を拠りどころにして、あくまでマージナルな場所に留めおかれてきた民俗知の再編を試みることに賭けてみたいと、妄想を膨らましています。入会地や協同労働をめぐる古さびたフォークロアを掘り起こしながら、それをあらたなコモンズとして起ちあげることはできないか。またしても、見果てぬ夢の再来かと嘲笑されようが、それが東北学の最終章のテーマとなりつつあることは否定しようがないのです。そのとき、わたしの拠りどころが柳田国男の『都市と農村』という著書であることを、あえて恥じらいながら明らかにしておきます。

そうですか、若い人たちが「次の世代、子孫のために」と語るのですか。いま・ここに生きてあることは、次代へとバトンを渡すことだと感じているのでしょうか。それは真っすぐな希望に満ちていますか、それとも、いくらかの不幸を背負わされていますか。わたし自身が、未来の子どもたちのために、いまなにをなすべきかを考えることだけが求められている、と感じるようになったのは、さほど遠い昔のことではありません。ゆるやかな老いの自覚のなかで、小さな命の誕生に触れたときでありましたか。そのかたわら、わたしはただ黙したままに、酷たらしい災禍の風景のなかを歩きつづけていたのでした。

震災後に、幾度か、福島の高校生たちを相手に授業や講演をする機会がありました。そこで、かれらが口ごもりながら、将来は家族のために、地域のために働きたい、と語る場面に立ち会ってきました。あまりにたくさんの哀しみや残酷を目撃せざるを得なかった、沿岸被災地に暮らす若者たちは、自分は生かされているという感覚があるのかもしれないと、たいした根拠もなく思いました。それはあきらかに、不幸を背負った言葉です。

福島へ、会津へと、ささやかな旅を、道行きをいまも重ねています。福島こそが、わたしのもっとも大事な現場であることに気づかされたことは、幸いでした。その現場《フィールド》において、歩行と思索を重ねながら、地域を生きる思想を探してゆきたいと願っています。この撤退の時代の最深部へと、そのはるかな周縁部へと降りてゆくこと、そこからあらためて思想を語りはじめること。あまりの無力感に打ち拉《ひし》がれそうになりながら、それでも、ひそかに経世済民の志だけは立て直しておきたいと願うのです。

戦いのスタイルも場所も、大きく異なってはいます。けれども、この陰影深い過渡の季節に、藤原さんと緊張感に満ちた書簡のやり取りをおこなうことができたのは、ほんとうに僥倖でありました。感謝の思いでいっぱいです。それぞれの場所で、可能ならば、命あるかぎり勝てなくとも負けない戦いを継続していけたら、と思います。どうぞ、お元気で。

二〇二〇年十一月二十一日　台湾の若者たちとの出会いの余韻のなかで

あとがきにかえて

「言の葉」と「言の場」

藤原辰史

言葉に関心がなかった頃の記憶がよみがえる。

書簡でも触れたが、高校まで本を読むことが大の苦手で、一年に一度の読書感想文の宿題のために薄い文庫本を読み通すのがやっとだった。書かれた言葉に何も感じない状態がずっと続いた。家の本棚から本を引き出して開いても、意味を拾うのに一苦労で、すぐに紙の上を目が滑り始める。

漫画は没頭できたが、白い紙に黒い文字が並んでいるだけの本のいったい何が面白いのか、高校三年生までよく理解できなかった。色がない。絵がない。味がない。空き地でプラスチックバットとゴムボールで草野球していたり、友人の家でテレビゲームをしたり、旅行に行ったりしているときの方が格段に楽しかった。

　話すこともそんなに好きではなく、自分よりも他人の方が話を盛り上げてくれる場にいて、聞いている方が心地よかった。意見を求められるとぼやけた笑みを浮かべて逃げることが多かった。教室で先生に向けて発表することは問題ないのだが、友人と言葉をやりとりすることはそれほど得意ではなかった。そんな自分もあまり好きになれなかった。

　このような言葉への嫌悪感の根っこを探して、自分のおぼろげな記憶をたどってみると、いくつか思い当たる節がある。まず、本を読んで時間が経っていくことに耐えられなかった。あるいはおしゃべりに時間を費やすよりは、体を動かす時間の方に、生きている感覚を強く抱いていたのだとも思う。さらに、言葉に対する大きな誤解を私は持っていたのかもしれない。言葉は、自分の脳が生み出すもの。言葉は、著者の脳が生み出すもの。本は、自分の脳が理解するもの。典型的な「機械モデル」である。

　さらに記憶をたどってみると、言葉を交わすことや本を読むことの原初的な恥ずかしさに突き当たる。恥ずかしい、というのは変な気持ちだけれど、これが一番ぴったりしている。わかっていること、あたりまえのこと、心に秘めていること、迷っていることをわざわざ言葉にして表現する「わざとらしさ」に、生理的な嫌悪感を覚えていたと思う。作為への潔癖症的な忌避というべきか。以上のように、言葉嫌いの季節が私のこれまでの人生の半分を占めていたことに、本を書く身となったいま、愕然とする。いまの私にとっておよそ本のない生活、会話のない生活は考えられないからだ。

このような、できれば蓋をしておきたかった記憶を、赤坂さんは掘り起こしてしまった。赤坂さんは、往復書簡の中で、江戸の優れた山師のように何気ない平凡な山を歩いて幾度も鉱脈を探り当てた。私も勝手に口が開く。あの柔和な口調に惑わされてはならない。恐ろしい人だ。赤坂さんが精神病院の話をしたところから、私の記憶の蓋のネジが緩み始めたのだと思う。けれども、私は、作為への恥じらいと潔癖的感覚がよみがえったことで、頭の一部分がスッキリし始めたことも確かだ。言葉嫌いの時代を生きる私たちは、いったん言葉に追い縋ろうとすることの虚しさを舐め尽くしてみなければどうにもならないのではないか、といまは思う。そして、それでも言語行為を遂行するならば、その恥ずかしさの根源に戻らなければならない。大野晋、佐竹昭広、前田金五郎編集の『岩波古語辞典補訂版』(岩波書店)で「言葉」の項目を引くと、私の抱いた作為への恥ずかしさの理由が少し書かれてある。「語源はコト(言)ハ(端)。コト(言)のすべてではなく、ほんの端(はし)にすぎないもの。つまり口先だけの表現の意が古い用法」。しかし、コトが言だけでなく事も指すようになると、次第に「言葉」が「口頭語」の意味を表すようになる。大野晋の『古典基礎語辞典』(角川学芸出版)も引いてみよう。「コトバという語は『万葉集』や中古の物語類には見えるが「八代集」の和歌の中には一つも見えない。平安時代になると、コトノハに対してコトバは、平俗な言葉で歌語ではないと認識されていたものと思われる」。「中世以後になると、コトノハとコトバの区別は不明瞭になり、コトバと同じ意味で使われる例が多い」とある。

まとめると、「コトバ」という語は、初めは口先だけの表現を意味していたが、それが普通に口から発せられる「コトバ」という意味に世俗化し、その俗っぽい感じが貴族に嫌われ、「コトノハ」という美しい語の世界から追放された。その雅俗の構造が消えるのが中世だ、と。

私が感じていたかもしれない恥ずかしさとは、勇気を振り絞っていえば、もしかすると「端」に過ぎないもので全体を代表させるなよ、という若者特有の潔癖症と、「コトノハ」を振りかざす「平安貴族」へのやんごとなき抵抗感が根源にあったのかもしれない。そして、赤坂さんが岡本太郎論から東北研究にいたるまで「平俗な言葉」をまるで宝石のように大切にしながら一貫してとらえようとしてきたのは、かつて「口先だけの表現」と貴族に蔑まれていた「コトバ」の色であり香りではないだろうか。

そういえば、赤坂憲雄という書き手の文章に、ひとつの大きな特徴がある。「ではないか」「ではなかったか」という反語的な疑問形で文章を閉じる頻度が比較的高いことである。この往復書簡でも「でしょうか」という、いささかオープンな語尾がしばしば用いられていた。私はあまり語尾に「か」を使わないけれど(最近、ちょっと感染したが)、それはおそらく、文章が宙に浮いてしまうような気がするからだ。しかし、赤坂さんはそれを恐れない。

たとえば、赤坂さんの書かれた中でもっとも躍動感あふれる本だと思う『岡本太郎の見た日本』から、一節を抜き出してみたい。岡本太郎が岩手の花巻温泉で鹿踊りを見て、京都奈良の日本ではない縄文的世界観に遭遇し、興奮する場面である。「太郎はこのとき、意図することなしに、宮沢賢治との接近遭遇を果たしていたのではなかったか」。「鹿踊りとは、鹿の肉を常食にしていたはるかな縄文時代におこなわれていた呪術的儀礼に根ざした伝統ではないか」。「それ(狩猟民族ゆえの呪術や儀礼)はまた、自然と戦いながら生きていた時代の原始宗教の名残りではなかったか」(いずれも、岩波現代文庫版の一八五頁)。

どれもが赤坂さんの思想の中心的な部分に触れようとする場面である。とくに、宮沢賢治と岡本太郎を遭遇させる思考実験は赤坂憲雄だからこその深みがある。私だったらつい、「だろう」を入れてお茶を濁すか、「である」「だ」で言い切りたくなるのだが、あえて、書き手の推量を消し去り、やや痛みのにじむ「か」で息をついで、読者を立ち止まらせる。

そういえば、往復書簡を読み直して初めて気づいたのだが、私はかなりの頻度で、赤坂さんが発する「立ち止まれ、自分の思考に流されるな」という言外のメッセージによって救われていた。すぐに駆け足になり、明確な答えを求めたがる私に対し、私以上に強い言葉で思考の前進を促してくれる場面もあったが、他方で大事なところではブレーキをかけることも忘れない。それは単なる経験値の違いとか優しさとかそんな問題ではほとんどない。もっと本質的なところだ。

とくに深く抉られたのは、最後の書簡。高校生に向けた話で「どうして死ぬとわかっているのに勉強をするのか」という問いに対して、ある高校生が「次の世代、子孫のために」と答えた、と私は書いた。心を揺さぶられたからだ。しかし、赤坂さんはその高校生の言葉に対し「それは真っすぐな希望に満ちていますか、それとも、いくらかの不幸を背負わされていますか」と問いかけた。東日本大震災で不幸を背負わされ、「生かされている」と感じる若者たちを念頭に据えて。この問いのおかげで、私は高校生の言葉に心を動かされた自分を、このあとがきで再び立ち止まらせることができたのだ。

私が話をしたのは大阪の進学校だったのだが、その高校生の表情が「まっすぐな希望」に満ちていたことは確かである。だが、声は違ったように記憶していた。赤坂さんの最後の質問を受けて、改めて高校の先生が送ってくれた高校生たちの感想文を読んでみた。すると、自分の親の仕事や幸せな暮らしがまさに社会的に弱い立場にある人間に対する「搾取」を意味しているのであり、自分もその親のおかげでこの高校に通い、勉強をしていることへの疑問が、あるいはその重荷が赤裸々に書いてあるものがあった。その名前を見ると「次の世代、子孫のために」と答えたあの高校生だった。もちろん、例外的なコメントである。「幸せな人生を送るために勉強する」という高校生の方が圧倒的に多い。だが、高校生の言葉に自分自身の恵まれた境遇がもたらす負の連鎖をなんとか断ち切りたい、という気持ちが紛れているとすれば、それは本当に私たちにとっても重い。もちろん、赤坂さんが提示した東北の子どもたちの抱えている重みとは異なったも類のものであるが、しかし、私はあえて同一の平面で考えたいと思う。なぜなら、これも往復書簡の中で学んだことのひとつだが、言の葉(コトノハ)とは言の場(コトノバ)でもあるからだ。

受精卵は、みずからが着床し細胞分裂して生まれ落ちる場所を選べない。とくに経済的に恵まれない環境に生まれた場合、そこから脱するためには努力だけではどうにもならない。恵まれた環境にある子どもたちを取り囲む富の量がすでに、恵まれない環境にある子どもとその親の気力をごっそりと削いでいくからだ。

他方で、恵まれた場所に生まれ落ち成長して、弱い立場にある人間を搾り取る側にいる事実を知り、立ち止まり、その葛藤と向き合うことになっても何ら不思議ではない。津軽の大地主に生まれた太宰治の作品を読んだり彼の自分を虐げていくような人生を知ったりするだけでもそれは十分にわかる。そして、「搾取」する側の宿業とどう向き合うのか。これは、日本の現代史そのものの問いであることは言うまでもないだろう。

赤坂さんは往復書簡で、私と、そして読者にやや遠慮がちにコトノバを開いてくれた。岡本太郎が花巻温泉の鹿踊りにみたあの空間のような異種混淆の場を。沈黙も空白も許容し、声なき声に耳を澄ます場を。こんなにも気を遣わず感情を露わにしながら、広い雪原での雪合戦のように大はしゃぎで雪玉を赤坂さんに投げつけることができたのは、自分でも驚くほどだ。おかげで私は、二十年前の傷口を再び開けて、クラゲからもののけを経て現在を生きる高校生まで自由自在に呼び寄せることができた。このコトノバには、背景の異なる人たちや生きものたちを出会わせることができる。出会うのが難しくても、併存させることができる。コトノバに言葉は必ずしも必要ない。言葉を出すことに作為を感じれば、絵でも写真でもいい。それも嫌ならいるだけでいい。

新井卓さんは、書簡の合間に批評のように置いたダゲレオタイプの作品によって、コトノバのあり方を示しているように思う。新井さんの映し出す「もの」や「風景」は、どうしてこれほどの静寂を湛えているのか。それはおそらく観たものが何かを聞くためだが、それだけではない。「もの」や「風景」もコトノバに参入し、耳を傾けている。傾けるだけではない。「もの」や「風景」は、人間が聴き取れない波長のメッセージをコトノバに投げかけているのである。

そのとき、言葉は力を緩め、言葉なきものにもみほぐされ、平俗な地平に一枚一枚の葉のように降り積もり、虫や菌に食い散らされて、豊饒な土壌の一部となる。その土壌のことをコトノバだと私は考えたい。

あとがきにかえて

あやしいものたちの連帯のために

赤坂憲雄

ひとも世界も、とりあえず、なんだかあやしい気配に満ちている。怖れる必要はない。それはむしろ、とてもたいせつな生きることへの励ましであり、可能性の種子であり、あえて言ってみれば野生からの呼び声のようなものだ。喜ばしいことには、世の中にはあやしいことがまだまだ、たくさん転がっている。とてもたいせつな真実のかけらが、そこには詰まっているのかもしれない。あやしいものたちと出会うために、身と心をやわらかく開いておくことだ、そうして、みずからあやしい存在であり続けようと、さりげない覚悟を固めることだ。ひとに知らせることはない。狙われる。これはどこまでも退屈な日常の底に身をひそめながらの、愉しげなゲリラ戦である。

あやしいものはきっと、かそけきものや小さなもの、たよりないものや名づけがたきもの、あるいは飼い馴らされることに抗うもののかたわらにいて、ときにはその仲間である。だから、けっして独りぼっちではない。ひそかな声に呼応してくれるひとは、どこかにいる、身をひそめて見守っている。『平成狸合戦ぽんぽこ』のなかで、戦いに敗れてひとたび身をやつした狸たちだって、もとの姿に戻ろうとチャンスを窺っている。うちの近所で見かけた狸の夫婦は、いくらか早すぎたのか、二足歩行でアスファルトのうえをちょこちょこ駈けていたが、棲み処だった廃屋が壊されて間もなく、姿を消した。

それにしても、なんともあやしく魅惑的な現場だった。銀板写真が生まれてくる、そのとき・そこではなにが起こっているのか。数も知れぬ試行錯誤のなかで確かめられ、蓄えられてきた技術の結晶なのだろうが、どこかしら儚く、あやしく、錬金術めいて、博士か魔女のような新井卓という写真家の白衣の立ち姿が、いかがわしく感じられる。その、あくまで儀礼的でもある所作を眺めていると、写真というものがいかに魔術的な場所から誕生してきたものであるかが、深いところから納得される。写真そのものへの畏敬が心地よい。ここでは偶然の揺らぎに身をまかせるしかない。

そのとき、はじめて、この小さな本の表紙カバーを見せられた。男の奇妙に硬直した腕や曲がった指と、青いテッポウユリとが向かい合っている、奇妙な図柄だった。わけもなく、その南相馬の海辺のユリの足もとには、きっと見えない土があったのだ、と思う。なんだ、指と花と土か。まるで、いま、わたし自身がゆるやかに書き継いでいる「性食の詩学へ」のテーマではないか。写真家がそんなことを知るはずはなく、意図していたことはありえず、それでも、ほくそ笑んでしまう。むろん、ほんの偶然にすぎない。またしても偶然という奴か、それがまた、なまめかしい。

「性食の詩学へ」という連載は、いつ終わるかわからない。突然のように、半年後にでも脱稿してしまうか、十年経っても手探りに書きつづけているか、まったくもって風まかせだ。すでに「第一章　指、または恥知らずな冒険」だけは、岩波書店のウェブ上で発表している。食べちゃいたいほど可愛い、という不思議な愛の囁きを起点にして、その背後に埋もれた人間のあやしい豊饒さを解き明かそうと試みた『性食考』の続篇である。書くつもりはそもそもなかった。しかし、気味のわるい横槍が入ったお蔭で、続篇を書き継ぐことになった。あと押しをしてもらった。

ところで、あの表紙カバーを見て、わたしが最初に思い浮かべたのは、岡本太郎の『赤い兎』と題された絵だった。キャンバスの右側には黄色い狐、左側にはどうやら赤い兎が描かれている。この赤い兎は心臓だ、と太郎はいう。やはり、「赤い兎」と題された詩だか落書きだかには、こう見える。

赤い兎
を
上げ
ま
しょう

ならば、ここには狐と兎をめぐる、喰うか喰われるかの愛と生け贄の物語が描かれていたのか。バタイユの『エロティシズム』の影が射しかかる。このあたりは、すでに『岡本太郎の見た日本』(岩波現代文庫)のなかで触れている。さて、わたしはあの表紙カバーを見て、この『赤い兎』をなんの脈絡もなしに思いだしていたのだった。そこでは、右側に男の腕と指たちがいくらか攻撃的に、まるでカマキリのように飛びかかりそうな表情で身構えており、その先の、左側にはテッポウユリがふたつ、蒼白く妖艶な花弁を揺らしていた。

その構図が『赤い兎』を連想させたのであったか。わたしはほとんど条件反射よろしく、指と花をめぐる愛と生け贄の物語を招《お》ぎ寄せていたのかもしれない。むろん、妄想のたぐいにすぎない。

いますこし、太郎のかたわらに留まることにしようか。太郎の盟友にして、よき理解者であった花田清輝が、その「岡本太郎論」(『太郎神話』二玄社、所収)のなかで、前近代を否定的媒介として、近代の限界を突破してゆくことこそが、太郎の知の戦略であったことを指摘していた。だから、太郎は伝統を否定的な仲立ちとして、あらたな創造への契機が生まれると語り、あるいは、日本というローカルな泥にまみれることなしには、芸術や思想をめぐるグローバルなステージに立つことができないと語ったのである。

ここで、否定的媒介とはなにか、と問いかけてみる。たとえば、『日本の伝統』の「中世の庭」の章に見える、「突っぱなし、はげしく対決し、否定的に見かえす」とか、「否定的媒介なしには生きてこない価値がある」といった表現から、太郎を突き動かしていた情動の一端くらいは了解できるかもしれない。ここにくりかえし登場していた否定・否定性・否定的などの言葉が、バタイユと太郎を繋ぐキーワードのひとつであった。バタイユは「ヘーゲルの諸概念」(『聖社会学』工作舎、所収)という講演のなかで、「人間の否定性

――特に穢れたものの聖性」といい、「否定性の人間は、身体の破壊やエロティックな猥褻性、笑い、昂奮、恐怖、涙の対象といった情動的価値を強く孕んだ表象を用いる」などと語っていた。太郎はまさに、この「否定性の人間」へと憑依することで、バタイユのひそかな同志として世界に揺らぎと変容をもたらす戦いを継続することを願ったのである。このあたりに関しては、拙著『岡本太郎という思想』(講談社文庫)で論じているので、詳しく触れることは避けたい。

これはじつは、太郎が好んだ対極主義という、粗削りな知の作法と補完的な関係にある。太郎はアヴァンギャルド芸術においては、対立する二極を折衷・妥協させずに、むしろ引き離し、矛盾と対立をひたすら深め強化するような精神的な構えこそが必要だ、といい、対極主義と名づけたのだった。それを技術的に言い換えてやれば、「無機的な要素と有機的な要素、抽象・具象、静・動、反発・吸引、愛・憎、美・醜等の対極が調和をとらず、引き裂かれた形で、猛烈な不協和音を発しながら一つの画面に共在する」(『アヴァンギャルド芸術』美術出版社)ことだ、と説明されている。太郎はなにより、予定調和を嫌った、人類の進歩と調和などおよそ信じてはいなかった。太郎の『赤い兎』はおそらく、この対極主義が真っすぐに実践された作品ではなかったか。

これはそのままに、新井卓さんによる、あの折れ曲がった指と青いテッポウユリの銀板写真へと繫がっているような気がする。むろん、これはわたしの読み解きであって、新井さんの制作意図といったものとは関係がない。

食べること／交わること／殺すことのはざまに、たとえば人の手や足の指たちが、あやしげな性食の戯れを演じていることには気づいていた。だれだって、自分の指や、他人の指をなんの気もなしに眺めたり、触れたりしているはずだ。しかし、そこに神秘やら謎やらが詰まっているなど、たぶん考えることはない。わたし自身はまるで指フェチではないが、それでも、女であれ男であれ、とびっきり綺麗な指に出会ったときに、一瞬だけあやしい気分になることはある。指の気持ちが知りたくなって、資料漁りをしているうちに、指のフォークロアや文化史に目覚めて、いつしかはまっていた。

萩原朔太郎の詩集『青猫』に収められている「その手は菓子である」という詩は、女の指への偏愛を語って秀逸である。

そのぶるぶるとみぶるひをする愛のよろこび　はげしく狡猾にくすぐる指
おすましで意地悪のひとさし指

卑怯で快活なこゆびのいたづら
親指の肥え太つたうつくしさと　その暴虐なる野蠻性
ああ　そのすべすべとみがきあげたいつぽんの指をおしいただき
すつぽりと口にふくんでしやぶつてゐたい　いつまでたつてもしやぶつてゐたい

なんとも手放しの礼讃ではなかったか。この女の指はしかし、男の欲望を巧みにかわし、ときには残酷に裏切り、いずこへかたちまちに姿を隠すだろう。女のまろやかな指だけではない。探しはじめてみると、女の指とかぎらず、指のフォークロアはかぎりなくあやしく、豊饒なのである。指切りげんまん、ウソついたら、ハリセンボン呑ます、という幼い子どもらの呪文に導かれて、遊女が愛の誓いのためにする血まみれの指切りにたどり着いてみれば、その先には心中しか残されていない。生から死へと連なる道行きは、きっと愛と性によって操られているのである。

これに続くはずの「土の章」と「花の章」が、どのように展開してゆくのか、いまだ多くは知らない。いつだって、書く前にはなにも存在せず、書いたあとに思いがけぬものとの邂逅が果たされて、呆然とさせられる。それはたぶん、あやしいものたちの未来の連帯のためにこそ必要とされる、たとえば精神のレッスンのようなものであるにちがいない。

この往復書簡もまた、藤原辰史さんとのあいだで、手探りに交わされた精神のレッスンではなかったか。この時代には、こうしたレッスンなしには、言葉への信頼を回復することはむずかしい。そこに、さらに新井卓さんが絡むことで生まれてくる、どこまでもあやしい交歓の情景には、やはり心躍るものがある。

それにしても、往復書簡という方法には、なにか捉えがたい余韻が感じられる。対談ともいくらか異なった感触がある。距離ははるかに遠く、そこで往き交う言葉はいつだって遅延する時間の痛みか哀しみのようなものを抱いて、途方に暮れている。いつしか、そっと逸れてゆく気配がぬぐえない。あやしいものたちを繋ぎ、ささやかなる連帯を促す作法として、それは再発見されることになるのかもしれない。そんなことを、ふと考える。

作 品 一 覧

新井卓「毎日のダゲレオタイプ」シリーズより
ダゲレオタイプ(銀板写真)，6.3×6.3 cm

9頁　2011年3月1日，隣家のアンテナ，川崎
17頁　2013年2月15日，ヘッズ(頭部)，川崎
25頁　2014年10月16日，ミスター・Ikrsの紹介，サンアントニオ
33頁　2012年10月18日，獅子面，川崎
41頁　2017年8月5日，向日葵，飯舘村
49頁　2017年7月13日，線量計のある風景，川俣町
57頁　2011年5月4日，小友，遠野
65頁　2020年1月15日，電信屋，石垣
73頁　2018年6月13日，拘束された腕，横浜
81頁　2020年3月10日，壊れたマグカップ，川崎
89頁　2020年11月17日，ネズミの菓子，ザスニッツ
97頁　2016年12月26日，米軍根岸住宅のゲート，横浜
105頁　2013年4月13日，ランチョセコ原発跡地，サクラメント
113頁　2020年4月19日，ファウンド・オブジェクト，早池峰，遠野
121頁　2017年7月12日，ヤマユリ，川俣町
129頁　2013年4月30日，鳥のモビール，川崎
137頁　2012年10月10日，収穫，川崎
145頁　2015年10月22日，馬の人形，早池峰，遠野
165頁　2016年1月12日，二柱のセワポロロ，川崎

赤坂憲雄
1953 年，東京都生まれ．専門は民俗学・日本文化論．学習院大学教授．『岡本太郎の見た日本』(岩波書店)でドゥマゴ文学賞，芸術選奨文部科学大臣賞を受賞．『異人論序説』『排除の現象学』(ちくま学芸文庫)，『東西／南北考』『武蔵野をよむ』(岩波新書)，『性食考』『ナウシカ考』(岩波書店)など著書多数．

藤原辰史
1976 年，北海道生まれ，島根県出身．専門は農業史．京都大学人文科学研究所准教授．『ナチスのキッチン』(水声社，のちに決定版＝共和国)で河合隼雄学芸賞を，『分解の哲学』(青土社)でサントリー学芸賞を受賞．『トラクターの世界史』(中公新書)，『給食の歴史』(岩波新書)，『縁食論』(ミシマ社)など著書多数．

新井 卓
1978 年，神奈川県生まれ．アーティスト・映画作家．ダゲレオタイプ(銀板写真)の技法で写真を撮る．2016 年に第 41 回木村伊兵衛写真賞を，2018 年に映像詩『オシラ鏡』で第 72 回サレルノ国際映画祭短編映画部門最高賞を受賞．写真集に『MONUMENTS』(PGI)など．

言葉をもみほぐす

2021 年 2 月 10 日　第 1 刷発行

著　者　赤坂憲雄《あかさかのりお》　藤原辰史《ふじはらたつし》　新井《あらい》 卓《たかし》

発行者　岡本 厚

発行所　株式会社 岩波書店
〒101-8002 東京都千代田区一ツ橋 2-5-5
電話案内 03-5210-4000
https://www.iwanami.co.jp/

印刷・精興社　製本・松岳社

ISBN 978-4-00-022975-3　Printed in Japan

性食考　赤坂憲雄　四六判三五〇頁　本体二七〇〇円

ナウシカ考　風の谷の黙示録　赤坂憲雄　四六判三七四頁　本体二二〇〇円

給食の歴史　藤原辰史　岩波新書　本体八八〇円

農学と戦争　知られざる満洲報国農場　足達太郎　小塩海平　藤原辰史　四六判二六六頁　本体二五〇〇円